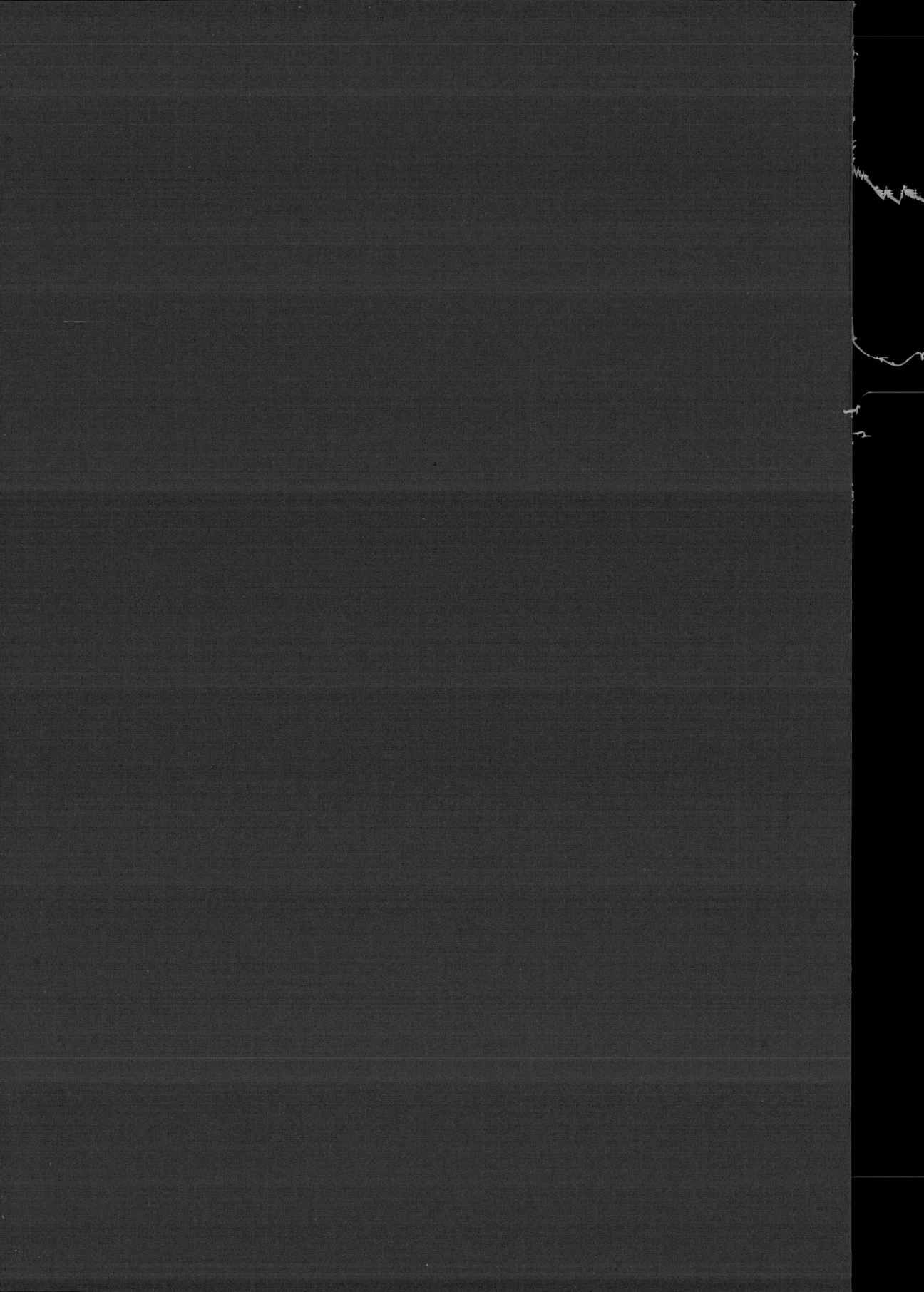

作家文摘

25周年珍藏本

我的亲历

《作家文摘》/编

作家出版社

目　录

友情爱情师生情

家事国事天下事

王光美：我和少奇

我和少奇同志共同生活近20年。他的一言一行，音容笑貌，至今回想起来仍历历在目。我的房间里挂着他在办公室工作的照片（这张照片是我拍摄的），有时候我仿佛感到，他还在我身边，还在不倦地工作——

放弃留学，投笔从戎

我的两个哥哥王光杰、王光超，在我之前早就同共产党的地下组织有联系，参加党组织分配的工作。由于光杰参加革命比较早，我们几个兄弟姐妹都受到他的影响。我的两个妹妹王光和、王光平，也在光杰的影响下，经过晋察冀中央局城工部崔月犁同志的介绍，在抗日战争的后期参加了革命。

我是1921年阴历8月25日在北平出生的。由于我是我父母的第一个女孩，小时候家里很宠我。小学毕业后，我报考了师大男附中，一般认为男附中比女附中教学质量高，结果还真考上了。著名物理学家杨振宁、吴健雄也是男附中的。

我同班的同学中还有叶群，当时叫叶宜敬，曾到我们家一起做作业。叶群的母亲是后妈，她就老跟我讲后妈如何如何欺负她，她又如何如何故意气后妈。后来叶群转学到汉口去了，我和她就再没见面。一直到我在军调部当翻译时，才听说她已经和林彪结婚了。解放后林彪从苏联养病回国，叶群陪他专门来中南海万字廊看望少奇同志，送了一本很精美的苏联画册。我还对林彪说："原以为你是个很威武的军人，没想到你像个文弱书生。"

高中毕业后考大学，我先是报了清华大学、燕京大学。可我的英语分数不够，就上了辅仁大学。辅仁大学是德国人办的，对英语的要求没有清华、燕京高。我在辅仁大学读了四年本科，学的是数理系光学专业。本科毕业后我又接着读硕士研究生，学的是宇宙射线。当时我受"读书救国论"的影响，准备抗日胜利后去美国留学，学习原子物理，学成回国搞建设。理学院院长严池老师还为我写了去美国留学的推荐信。可后来，我最后一次上完他的课离开辅仁大学，没有向他辞行，等于不告而别。因为我离开辅仁不是去留学，而是准备去军调部中共代表团当翻译，我不知道怎么同他讲。过了一段时间，我还真的接到美国两所大学的回信，通知我办理留学手续。其中有一所是斯坦福大学。

大约1945年6月，经过嫂嫂王新的介绍，我认识了崔月犁等同志，同北平地下党有了联系。1946年2月的一天，崔月犁同志说要介绍我到刚成立不久的北平军事调处执行部中共代表团当英语翻译。开始我没有答应。我正在考虑去美国留学，不想就此放弃专业。

过了几天，地下党组织让我妹妹王光和带给我一个纸条，上面写道：你如果同意，就带着这个条子到西四解放报社，到报社换成正式介绍信，再到翠明庄报到，否则地下党就再不与你联系了！最后经过考虑，我同意了。

军调部中共代表团的驻地在王府井附近的翠明庄，我骑自行车到翠明庄报到。接待我的是李克农同志。我把介绍信交给他。李克农同志一看客气地说："你就是王光美同志，欢迎欢迎！"接着他问了我一些我家和学校的情况。我被分配在翻译处，处长是柯柏年同志。

翠明庄是国民党励志社所在地，可中共代表团偏偏就住在那里！我到军调部后，开头两周，先让我笔译"备忘录"，后来为宋时轮、陈士榘等同志当口语翻译。我第一次当口语翻译，是宋时轮同志出席谈判。谈判中宋时轮同志发火了，拍桌子骂，骂得很粗。我不会翻译，不知怎么办才好，只好说宋将军生气了。

1946年3月4日，周恩来同志和马歇尔将军来北平视察，叶剑英同志去机场迎接。国民党方面去机场迎接的是李宗仁先生。为叶剑英同志当翻译的是黄华同志，他是军调部中共代表团的新闻处长。那天我也去了，是叶剑英同志叫我去的。那是我第一次见周恩来同志，唯一一次见马歇尔。

李宗仁有段时间常到我家来，认识我。在机场，李宗仁见到我和叶剑英等中共要员在一起，有些吃惊。在机场里换车的时候，他拉我上了他的车。他倒没有直接问我怎么站在共产党一边，只是试探地问："你还去美国留学吗？"我也就敷衍了一句："以后再说吧！"

这天以后，我就主要给叶剑英同志当翻译了。当时广东东江纵队把叶剑英同志的女儿叶楚梅送到北平来了。叶剑英同志把她交给我，让我帮着照看。楚梅当时十四五岁，还是个小姑娘，穿着南方那种半截裤，光着脚丫，很可爱。

刘源："文革"中,楚梅和我姐姐平平关在同一间牢房里,就两个人。一开始她们互不认识,就互相猜。楚梅慢慢地猜出了平平的身份,就对平平说:"我认识你妈妈。在军调部的时候,你妈妈带我,我跟她住一个屋。"这样她俩就说开了。楚梅还说:"那时我爸爸很喜欢你妈妈,想娶她,当我的后妈。但你妈妈是洋学生,看不上我爸爸,嫌他土。"(在和王光美同志谈话过程中,有时刘源同志也在场,并不时插话补充一些情况。)

我家同共产党的关系源远流长

我们家是一个人口众多的大家庭。我的父亲叫王治昌,号槐青,早年公派出国留学日本早稻田大学,学习经济、法律和商科。当时他是个穷学生,上大学的同时,在一个基督教青年会的英文班教课,半工半读。那时廖仲恺先生也在早稻田大学上学,和我父亲同学。他俩很要好,结为把兄弟。我父亲回国后,先在天津北洋女子师范大学教书,接着到河南焦作煤矿工作。后来,他从焦作煤矿进入民国北京政府的农商部,起先是个小官,逐步升任为农商部工商司司长,并代理过农商总长。他曾以公使的身份作为中国代表团的成员,参加了两次重要的国际会议:一次是1919年的巴黎和会;还有一次是1921年举行的讨论裁减海军和太平洋问题的华盛顿九国会议。

1925年8月,廖仲恺先生在广州被暗杀。我父亲十分震惊,愤而退出北京政府,从此不再做官。日本侵略军攻占华北,有人来拉拢他，我父亲不为所动，保持了民族气节。其实那时家里经济比较困难，靠出租房子生活。从我上辅仁大学以后，我的几个妹妹，都没上过什么正规大学。

我父亲的第一个夫人是家里包办的，生下我大哥光德后不久就去世了。我父亲的第二个夫人，是他在日本留学时房东的女儿，姓赵，就是我二哥光琦、三哥光超的母亲。她家是华侨。赵氏母亲去世后，我父亲和我母亲董洁如结婚。

我母亲董洁如在天津北洋女子师范大学上学，算是我父亲的学生。董家是天津比较有名的大家，盐商。一开始我父亲来提亲时，我外公外婆还不同意，理由是师生不同辈。但我母亲本人同意。这个时候我父亲已经到北京做官。他雇了一辆马车，把我母亲从天津接到北京，在六国饭店请一些亲友吃了一顿饭，就正式结婚了。

我母亲董洁如（字澄甫），年轻时很有反封建的斗争精神。当时女子都要裹脚，但我母亲不干，所以她是"解放脚"。我母亲是北洋女子师范学校的第一期学生，和刘清扬同班。刘清扬是周恩来同志的入党介绍人之一。后来邓颖超同志也是上的这个学校。

我母亲有三位亲属和李大钊同时被北洋军阀政府逮捕，并于1927年4月、11月被反动派杀害。多年以来我一直没有机会弄清我母亲的这"三位亲属"是谁？直到前几年，经过我六哥光英多方查找，才了解到这"三位亲属"的名字：一位叫董季皋，是我母亲的叔叔、中共顺直省委军运负责人；一位叫安幸生，是我母亲的姐姐董恂如的丈夫、中共顺直省委委员；还有一位叫王荷生，同我母亲有亲戚关系，被捕时是顺直省委书记。

我们家在北平的地址是西单旧刑部街32号。原来28号、30号、32号都是我们家的，后来家里经济拮据，就只留了32号，28

号、30号都出租了。解放战争时期，北平的地下党活动很困难。那时我的妹妹王光和在崔月犁同志领导下工作。有一位地下党的干部叫宋汝棻，当时处境比较危险，光和就主动提出让他住到我们家去。宋汝棻同志在我们家住了很长一段时间。我父母亲心里都知道他是共产党员，默默地掩护他。我父亲有时候到宋汝棻同志的房间里坐一坐，同他聊聊形势。为了防止意外，宋汝棻同志多次把一些党的书报杂志、文件交给我母亲保管。我母亲总是十分小心地把它们收好藏起来，有时把文件放在装饼干的大铁盒里，埋在地下，从没有出过差错。

其实，从头说起来，我们家同共产党的关系，可以说是源远流长。在这样的家庭里，光超、光杰、我和光和、光平能在解放前就参加革命，同父母亲的开明态度是分不开的。

1949年春北平和平解放。我们进北平不久，我生了女儿平平。可我还要工作呀，就把平平交给我母亲带。当时好像宋汝棻同志的孩子也放在我母亲那里。没多久光中也生孩子了，也要让母亲带。那时南方几个省还没有解放，大批干部和部队南下作战。一些南下干部纷纷把孩子往我家送。就这样我母亲在家里办了个托婴所，专门收留共产党特别是解放军女干部生的婴儿，后来正式取名叫"洁如托儿所"。旧刑部街我们家的房子是三进院落，大约有几十间房子，托儿所占了相当一部分。

全国解放后，我父亲是周总理聘请的第一批中央文史馆馆员。1956年我父亲去世了。我母亲先是北京市人大代表，后来年纪大了就改当政协委员。为支持北京市城市规划建设，我母亲主动把旧刑部街32号的住宅献给国家，交了房契。1959年为庆祝中华人民共和国成立10周年，国家在北京兴建十大建筑，我母亲亲眼看到在那里建起了漂亮的民族文化宫，心里非常高兴。旧刑部街的房子拆了以后，北京市在按院胡同拨了一处房子，继续办"洁如托儿所"。

一架飞机把我送往延安

1946年6月，蒋介石发动内战。8月，美国宣布"调处"失败。在这过程中，北平军事调处执行部一步步降格，人员逐渐撤离，准备解散。翻译任务越来越少。我也慢慢地不做翻译了，到交通处帮忙。当时交通处是荣高棠同志负责。他让我协助安排交通工具。我们就充分利用美国飞机转运干部。当时我们党的许多领导干部，乘坐美国飞机从这里调到那里，都是用军调部名义安排的飞机。后来这件事还受到了少奇同志的表扬。

军调部工作结束以后，在军调部中共代表团工作的同志，一般是哪里来的回哪里去。我是北平地下党推荐来的，但我到军调部工作后，政治身份已经暴露，再留在北平做地下工作已经不行了。组织上征求我的意见，我说我想去延安。领导答复同意我去延安，要我等待交通工具。

10月下旬的一天，我们得到消息，有一架从南京过来的美国飞机，要经过北平飞往延安。领导安排我搭乘这架飞机。那天，军调部用车把我送到西郊机场，只见有一架小型的军用飞机停在那里。我登上飞机，见到机舱里已经坐着两个人，一个是中国人，一个是外国人，都不认识。我第一次坐飞机，又是去延安，很新鲜也很兴奋，起飞后老站起来往窗外看。那个外国人这时开口说话了，要我坐下来，说你这样不安全。我们三个人由于互相之间不熟识，一路上都没怎么说话。后来我才知道，那位中国人就是宋平同志，那个外国人是美国军队驻延安的观察组组长包瑞德上校。

到延安，李克农同志和夫人赵大姐在机场接我。我到延安人地两生，一见李克农同志特别高兴。李克农同志在北平军事调处执行部里是中共方面的秘书长，先回延安，担任中央军委情报部部长。

我被分配到中央军委外事组工作，住在王家坪的一所平房里，和李蓬英住一间屋。这是我第一次到延安，感觉挺好，很喜欢这里的气氛。当时中央领导同志都没见到，只有杨尚昆同志离得比较近，常见面，他是军委秘书长。对面过一座小桥就是美军观察组驻地，那里晚上常放电影。尚昆同志有时去那儿看电影，就叫上我们一起去。美国记者安娜·路易斯·斯特朗就住在观察组旁边的一间平房里。她在北平的时候，为去解放区，找我安排过交通工具，所以认识。她来看过我，我也去看过她一次。马海德、苏菲夫妇住的房子和我们在一排。还有个美国人李敦白，当时在延安解放报社工作。我到延安那天，李敦白到机场看热闹，还上了飞机，见过我。以后他就老到我们王家坪来串门聊天，还给我写过诗。

由于我刚从北平来到延安，有关同志领我这里那里看看。当时延安的干部吃饭分大、中、小灶。杨尚昆同志安排我吃中灶，可能是优待知识分子吧！后来从瓦窑堡回来，我就主动要求改吃大灶了。在北平的时候，军调部一个叫郭戈奇的翻译对我讲，延安有延河，冬天结冰，可以滑冰，所以出来时我还真的带了双冰鞋。实际上延安冬天没有人滑冰，我差点儿出了洋相。

没几天传来消息，说国民党胡宗南军队要进攻延安，要我们疏散到瓦窑堡。所以这次我在延安只待了十来天，就匆匆忙忙随外事组疏散到瓦窑堡。瓦窑堡是完完全全的农村了，但我没觉得特别苦，挺喜欢。这是我第一次到农村，还在这儿学会了纺线。

我从大城市来到延安和瓦窑堡，没觉得特别不习惯，比我来之前的想象要好，觉得充实。可能因为北平长期在日本人统治下，人们思想比较压抑，生活也不好。到了这里，平时生活不算好，但时不时改善一下。我在延安的幼儿园里看到，小孩子一个个胖乎乎的，小脸红扑扑的。

1946年11月19日，周恩来同志率领中共谈判代表团大部分成员从南京回到延安。当时形势错综复杂，不久忽然说有可能要恢复谈判。谈判需要懂英语的翻译，周恩来同志下通知，点名让我回延安。这样我就又到了王家坪。可实际上国共谈判并没有恢复，因为蒋介石发动全面内战了。这是我第二次到延安。这一次，待的时间比较长。

北平军调部解散时，买了不少外文书带到延安。翻译组就从这些外文书中摘译一些有参考价值的材料，送给中央领导同志参阅，总的题目叫《供您参考》，从题目到内容全部用手抄。我就参加编译这个《供您参考》。后来少奇同志告诉我，那些材料他都看了。

后来我还常为朱德同志当翻译。那时老有外国记者采访他，主要是美国记者，有罗德里克。朱老总很和气，每次谈话前，他总是给我一张纸，让我把他要说的话记个提纲，照着翻译就行了。我给周恩来同志也当过翻译。到了延安第一次见周恩来同志，是在美军观察组看电影时碰见的。他老远就喊了一声："王光美！"见面后他把我介绍给邓颖超同志。

在延安和少奇相识

以前孩子们也问过我，说爸爸那么严肃的一个人，你们是怎么认识、怎么谈的？我都没有告诉他们。当然，实际经过也很简单。

周恩来同志通知我回延安，我就又住到了王家坪。我跟毛主席当时的警卫参谋龙飞虎同志在一个食堂吃饭。他曾在北平军调部担任叶剑英同志的秘书，所以和我认识。有一天龙飞虎来告诉我，说晚上杨家岭有舞会，想去可以去。晚上我就跟着去了。那天少奇同志也在。龙飞虎把我介绍给少奇，少奇问了我一些北平特别是学校的情况。因为他在北平工作过，所以对北平的事情很关心。末了他问我："你是不是党员？"我说我不是。当时我觉得很难为情。入党的问题我考虑过，也有点儿想法，所以我就说："这个问题我还有点儿看法，不知道中央领导同志能不能对我们这些才到解放区的青年给予帮助？"他说："那要看我有没有时间。"

这是我第一次见少奇。当时刘少奇这个名字我是知道的，知道他是党中央的负责人之一，但说不清他的准确身份。那次见面完全是中央首长同一个年轻人的谈话，还谈不到有别的意思。

1947年2月21日，叶剑英同志和北平军调部中共代表团的最后一批工作人员回到了延安。其中有黄华同志。他回延安后担任朱德同志的秘书。3月5日，黄华同志通知我，要我到少奇同志那里谈话。原来是我第一次见少奇的时候提出过，希望中央领导同志对我们这些才到解放区的青年给予帮助。他记住这件事了。

进了少奇同志的窑洞，谈话还是接着上次的话题。我说："到延安后，我提出了入党申请，觉得自己参加了军调部中共代表团的工作，表现还可以。但报告递上去之后，一直没有得到回音。我不知道现在还要不要再提入党要求？今天你让我谈，我想请求帮助的就是这个事。"少奇就给我讲了很多道理。他还说："你现在有了某一方面的知识，但你还缺很多知识，比如你就缺乏农村的知识，今后一定要多向群众学习。"

这样说着说着，就到了吃中饭的时间。少奇见炊事员给他把饭端来了，就留我吃饭。我说："我已经吃过了，我在王家坪吃中灶，星期日两顿饭，你慢慢吃。我在这里等，可以看看你吃的什么。"我看见他的饭菜很简单，好像只两碟菜，一碗米饭，米饭上面放了一颗大蒜。我觉得奇怪，心想怎么把大蒜和米饭配着吃呢？少奇刚吃了几口，好像突然想起了什么，站起来走到办公桌前，拉开下面的抽屉，拿出几个梨子，又拿了把小刀给我，意思是他吃饭让我自己削梨吃。那个梨子很难看，黑不溜秋的，留给我的印象特别深。当时我看了觉得很难受，有点儿动感情。我知道我们在军调部的时候，经常给延安中央同志带北平的好东西，怎么中央领导同志吃的就是这样的梨呢？

下午通知我们，说中央领导同志要慰问从南京、北平回来的干部，当晚在礼堂举行宴会。晚上毛主席没来，少奇同志、朱老总出席了。当天3月5日，正好是周恩来同志的生日。这天不知怎么就安排我坐在中央领导同志所在的第一桌了。少奇同志讲话，还站起来正式敬酒。这时我才明白他是代表中央、代表毛主席，知道他曾经是党中央代理主席。

和少奇同志谈过话以后，我又交了一份入党申请书。没过两天，又得到通知，说国民党胡宗南军要进攻延安，延安的机关必须撤退。

上级决定我们到晋绥分区参加土地改革。我被分配到晋绥分区的山西兴县参加土改工作队，队长是王炳南同志。这时已经是4月份了。我们土改工作队在进村之前，要先到蔡家崖集中学习。没有想到，这时少奇同志也到了蔡家崖，我们就又见了一次面。

原来，中央根据全国内战爆发的形势，决定党中央的5位书记分成两套班子：毛泽东、周恩来、任弼时同志留在陕北，指挥各战场作战；少奇、朱德等同志组成以少奇为书记的中央工作委员会，前往华北进行中央委托的工作。

我是在一天吃午饭的时候见到少奇的。那天可能是徐冰、王炳南同志安排，少奇、朱老总和我们土改工作队的同志一起吃了一顿饭。吃完饭出来，走到门口少奇问我："你是在这里参加土改，还是跟我们上晋察冀？到那儿也能参加土改。"我感到意外，说："我正在学习，等分配参加哪个工作队，能跟你们走吗？"少奇说："黄华都跟我们一起走。"我想我刚来这里，还没有真正参加土改，这样不明不白走了算怎么回事？所以我也不知道深浅，就打了个官腔，回答少奇说："以后有工作需要再说吧！"

我这话说出口以后，当时觉得没什么，回到住处琢磨琢磨感到不对：他跟我说这话是什么意思？于是就想最好再问问清楚。当天晚上，贺龙同志组织小型招待演出。少奇同志、朱老总都出席了。我就想再去找少奇说句话，走到门口往里一看，见少奇、朱老总坐在第一排，少奇抱着涛涛，正等开演。我犹豫了半天，在门口转了转，最后还是没进去。我这个人，学生时代一心学习，最崇拜的人是居里夫人，一直到这时从没有谈过恋爱，这方面很迟钝。后来回想起来，少奇要我跟他走，是对我有好感，想带我上晋察冀，但当时我不敢胡思乱想。

少奇同志他们走了以后，我们很快开始投入土改集训学习。一次入睡前，吴青告诉张林生：邓大姐找她谈了一次话，说因为王前对少奇的工作干扰很厉害，大家都建议他们分开，年初他们就离婚了，最近邓大姐想把她介绍给少奇，问她愿意不愿意？我一听这个，才知道少奇和王前离婚了。

我在晋绥搞土改，前后差不多一年的时间，结束时已经是1948年的春天。这段时间里，我和少奇没有联系。

难忘的结婚"仪式"

大约在1948年的"三八节"前后，我们结束了在土改工作队的工作，回到了西柏坡。这时，中央外事组已经搬到离西柏坡不远的陈家峪。

我回到外事组以后，在一些公众的场合同少奇见过面。有一次我去西柏坡参加中央机关的晚会，毛主席和少奇同志都在，我和他们见面说话了。毛主席还问我："上辅仁大学学的什么？校长是谁？"我说："我学的是原子物理，校长是陈垣。"毛主席说有"南陈""北陈"两个陈，还说全国解放后我们也要搞原子弹。我说"南陈"我不了解，辅仁大学校长陈垣是研究历史的。主席说的"南陈"，可能是指著名历史学家、中山大学教授陈寅恪。

一次王炳南同志组织外事组舞会，少奇和朱老总都来了。少奇顺便到外事组办公的屋子走走看看，还与陪同人员到我住的小屋转了转。交谈中少奇同志问我："星期天都干什么？"我说就是到南庄赶集、散步，或看看书。他这时说了一句："有空上我那玩儿。"

有了少奇这句话，我决定星期天去一次。但怎么去呢？我心想，我不能向这里领导请假说要去找某某中央领导同志。我就想了个办法，我跟我们的负责人柯柏年同志说，我有事要去东柏坡找一下赖祖烈同志。6月的一天，我先到了赖祖烈那里，对他说，少奇同志约我去一趟，请你把我送到西柏坡去。赖祖烈当即就把我送进了少奇同志办公和居住的小院。

我一进去，少奇正在写东西。看见我来，他马上站起来，说："你真来了！"这次谈话时间比较长。后来，他表示了愿意跟我好的意思。他还说，他年纪比较大，工作很忙，又有孩子，要我好好考虑。我当时觉得这个人真有特点，一般人在这种情况下都愿意说自己怎么怎么好，他却光说自己的缺点。我对这事很慎重，最后我特别问了一句："我不知道你有没有其他婚姻关系？"少奇就说："如果你想知道这方面的情况，你去问一下邓大姐；应该注意什么的问题，你去找一趟安子文同志；如果想了解我过去的历史，你去问李克农同志。"

说着说着，我觉得时间不早了，就问："几点了？我该回去了。"少奇手上没有戴表。他拉开抽屉，拿出一块表看了看说："表不走了，也不知道什么时候停的。"我心里又触动了一下。我想：中央领导同志工作没日没夜，怎么连个好好的表都没有？怎么这些事没有人帮他收拾？我当时就有些坐不住，我说："你怎么也不叫人帮助修一下？"他为难地说："该叫谁呀？"我也不知道当时出于一种什么考虑，就说："好，你交给我吧！我帮你去修！"

中央机关管后勤的赖祖烈同志那里常有人去石家庄办事，我就和他商量，请他把少奇同志的表带去修一修。时间不长，表修好了，可他没有直接给少奇，而是又带给了我。这我就难办了：我不能老往少奇那里跑呀！想来想去，我把表交给了我的领导王炳南同志，并解释修这个表是怎么怎么回事。王炳南同志转天就把表交给了少奇。可这么一来，王炳南同志就看出来了。

那天少奇要我去找安子文等，后来我还真的去了。我先找了安子文同志。我本来是想请教他：我和少奇同志在一起行不行？他却不谈这个，一上来就交代党的保密纪律，说你和少奇同志在一起，不该知道的不问，不该看的不看等等，就好像我和少奇已经在一起了似的。我又先后到邓颖超、李克农同志那儿，跟他们说了这件事，他们都没想到。

过了几天，我四哥王士光从晋冀鲁豫根据地到西柏坡来，找王诤同志谈解放区的广播电台工作。他约我见了一面。因为我在大学里是物理学研究生，我四哥和王诤同志想调我去晋冀鲁豫根据地，搞电台天线研究。我说现在不行，我可能要结婚，就把我和少奇来往的情况告诉了四哥。他听了给我泼冷水，说你别胡思乱想。我说我没有，我是很慎重的。我对他很尊敬，同时对他生活没人照顾很同情。我们从好感到恋爱。

决定结婚以后，少奇要我把我的行李搬到他那儿去。我对结婚还有点老观念。我问他："我就这样搬到你这里，算是怎么回事？要不要到机关大食堂宣布一下？"少奇思想比我解放，他说不用，结婚就是两个人的事。

8月20日那天，外事组开了个会，欢送我。第二天，少奇派他的卫士长李长友同志带着他的信来接我，帮我搬行李。他交代卫士长说："今天我要成家了。光美同志不好意思，你们去把她接来吧！"

一见少奇的卫士长来接我，外事组的同志们忙乎起来。同志们从集市上买来鸡蛋、奶粉、糖，调的调，蒸的蒸，做了一个大蛋糕，上面还设计了花，挺好看。几位女同志送我的时候，就把蛋糕带着，搁在了少奇的里屋。

正好这天晚饭后食堂里有舞会，少奇和我都去了。大家知道我们今天结婚，就更加热闹了。那天毛主席、周恩来同志都在。恩来同志特聪明，他见我们没有专门举行结婚仪式，就跟毛主席说："咱们一起上少奇同志家，看看他们住的地方。"来了之后，主席、恩来、少奇在办公室谈话，外事组的几个女同志就和我到另外一间屋，找刀子、盘子切蛋糕。打开一看，蛋糕已经被挖走了一块，原来是涛涛等不及，先挖一块吃了。我们给主席、恩来、少奇三个人每人切了一份蛋糕。他们一面说说笑笑，一面吃蛋糕，最后都吃光了。毛主席还给他的女儿李讷要了一块带回去。这天是1948年8月21日。

我觉得，我和少奇同志结婚，说没仪式也没仪式，因为少奇跟平常一样整天都在工作；说有仪式也有仪式，那天机关正好有舞会，很热闹，而且毛主席、恩来同志亲自登门祝贺。

（《作家文摘》总第244期）

追忆解放南京、上海前后

·梅世雄 黄庆华·

作者寻访了上百位老红军、老八路和老新四军，通过这些开国英雄的回忆，再现了中国革命史上一个个波澜壮阔的历史瞬间。

粟裕不和国民党换战利品

1938年6月17日，由粟裕领导的新四军取得了抗日处女战——韦岗战斗的胜利。韦岗战斗虽然规模不大，但在已经沦陷了半年的苏南敌后，引起了异常惊人的震动。

一时间，镇江、溧阳、句容等地群众纷纷赶到先遣支队驻地，参观缴获的战利品。就连曾经的敌人国民党集团也不得不对新四军刮目相看。就在蒋介石发贺电前夕，国民党第3战区第2游击区中将、副总指挥兼江南行署主任冷欣，却派人来"借"战利品。

"有一天，国民党战区的一个游击司令部派来两个人。"张铚秀（时任新四军先遣支队司令部侦察参谋）回忆，"他们向我们要日本步枪两支、手枪一支、军刀一把、望远镜一具、军大衣一件、军帽一顶、皮鞋一双等。甚至要以一挺机枪换一支日本步枪。粟司令员不同意交换，他对来人说：'你们要，我们可以送给你们，只要第3战区长官司令部打个收条。'此人看我们新四军不好骗，就灰溜溜走了。"

"后来我们问粟司令：'人家出高价同我们交换，赚钱生意你不做，还要白送给他们。'粟司令员笑眯眯地对我们说：'你们都是小傻瓜，如果按来人的意思做了，我们就上当了。'他说，国民党若得到这些日本武器装备，就可以拍出照片到处吹牛皮，说这仗是他们打的。"

一般人都知道陈毅欣闻老战友粟裕打胜了韦岗战斗，曾题诗一首。其实，平时很少舞文弄墨的粟裕，也曾为这次战斗题诗——

"新编第四军，先遣出江南。韦岗斩土井，处女奏凯还。"

解放军视察"总统府"

1949年4月24日夜半，解放军第8兵团司令陈士榘率兵团部进驻南京，担任警备南京的任务。

"第一次进入这样大的城市，战士们出现了些违反纪律的事情。"徐法全（侦察排长）回忆，在接管总统府时，有的战士将总统府走廊和办公室中的红地毯剪成小块，做成垫子，用来睡觉。还有的战士不会使用自来水龙头，水流遍地，不知所措。

徐法全回忆，有的战士将战马赶进总统府西花园的水池中洗刷，有的战士跑到办公室拿来花瓶甚至痰盂盛水，还有的战士居然在水池中捞鱼改善伙食。

"一时间，西花园留下许多马粪，卫生搞得很不好。"徐法全说。更有甚者，还有的战士竟冲撞了当时的美国驻华大使司徒雷登。

4月25日早晨，103师307团1营营长谢宝云带着通信员为部队安排食宿时，不慎误入司徒雷登的住所。

正在洗脸的司徒雷登看到两个解放军进去，暴跳如雷："你们到大使馆干什么？"谢宝云见这个洋人如此粗暴，便愤怒斥责。幸亏教导员王怀晋及时赶来，缓和了事态。当晚，美国之音播出"驻南京的中国人民解放军搜查美国大使馆"的"新闻"。

毛泽东知道后，于27日致电三野并告总前委和二野："35军进入南京纪律严明，外国反映极好，但是侵入司徒的住宅一事做得不好。"他要求"三野查处此事"。根据毛泽东的指示，在对部队深入进行外交政策纪律教育的同时，派军管会外事处长黄华与美方进行谈判沟通，很快妥善处理了此事。

4月27日，邓小平、陈毅从安徽合肥的瑶岗村渡江战役总前委赶到总统府。当看到战士的一些不文明行为后，邓小平十分生气，严肃地对部队领导说："总统府是文物，我们要爱护好。我们可不能作李闯王啊。从现在起，总统府中的全部人马立即撤出，不留一兵一卒。"

4月29日，南京市军事管制委员会主任刘伯承赶到总统府，与邓小平、陈毅一同视察了总统府。"为接管南京，还搞了一个班子。"王辅一（三野政治部机要秘书）回忆，中共中央调集了2440名有丰富城市工作经验和各方面专长的领导干部，参加南京的接管工作。

邓小平、刘伯承、陈毅来到蒋介石的总统办公室，宽大的办公桌斜放在窗口，墙上挂着一幅镶在镜框里的大照片，那是1943年蒋介石就任国民政府主席时的戎装照。办公桌上端放着台钟、笔插、毛笔、镇纸等。桌面上还摆放着一套《曾文正全集》。此外，还在蒋介石的办公室里发现一对曾国藩的鸡血石章，一对翡翠石章，两串清代的朝珠。

目睹这一切，邓小平用浓重的四川口音，诙谐地说："蒋委员长，我们来了。缉拿我们多年，今天我们上门了，看你还吹什么牛皮。"刘伯承指着桌上的台历说："瞧，蒋先生的台历还是23号哩，转移真不慢啊。"

陈毅坐在办公桌前的皮椅上，拨了个长途电话，直通毛泽东在北平香山双清别墅的办公室。陈毅风趣地说："主席，我是陈毅啊，我这是坐在蒋总统的椅子上向您汇报呢。"

"我们的指导员杨绍津也曾坐到蒋介石的总统椅子上，高兴地对我说：我来当总统了。"徐法全回忆。

宋庆龄的误会

1949年5月27日上海解放。王辅一说："渡江战役之前，第三野战军制定颁发了严格的《入城三大公约十项守则》。"中共中央收到陈毅关于"入城守则"草案后，毛泽东在来电上批复8个大字："很好，很好，很好，很好！"

"为了不影响市场供应和金融秩序，解放军入城后，一律不允许在市区买东西，甚至部队吃的饭菜，也是在几十公里以外的郊区做好，再送到市区。"王辅一回忆。

"我们有的战士大小便都拉在了身上。"罗维道（81师政委）永远都忘不了，81师的官兵为了执行纪律，都不敢上厕所。"上海老百姓一走近我们战士，很快就掩鼻而去，他们纷纷说，官兵们身上怎么这样臭？"

当然，也有一些有趣的小插曲。

"上海战役一结束，我们奉命撤出。"黄浩（三野23军随军记者）回忆，途中休息吃中饭时，团政治处的一位干事通过朋友了解到旁边有个美国新闻处，想去了解新闻。

"美国新闻处'热情'接待了他，并请我们部队去看了一场电影。"黄浩回忆，团首长带全团都去，看的是无声电影，银幕上有中文字幕。"就是看了这场电影，出事了。"当时谁都不知道，这是一个特务机关。"不久之后，美国合众国际社歪曲报道了此事，说是解放军擅自到美国新闻处看电影。"黄浩说，后来陈毅大怒，他们的团长和政委还作了检查。

解放军严格的警卫，还引起了宋庆龄的误会。

5月27日，上海一解放，毛泽东立即派警卫部队，赶到宋庆龄寓所，为她站岗护卫。"接受任务的27军，既感到光荣，又感到压力很大。"秦叔谨回忆，为防止坏人混入，他们制定了一条不太通情理的规定——只准出，不准进。

一天，宋庆龄外出有事，乘车回家时，被战士们挡在门口。宋庆龄的随员下车作了解释。战士们说，他们不认识她，先不能进去，他们要请示上级。宋庆龄生气了，掉转车头直接开到三野司令部，找陈毅告了一状。后来，27军当面向宋庆龄赔礼道歉，才平息了这场风波。

（《作家文摘》总第1252期）

纷乱家国事

·曾仲鲁口述　李　菁整理·

　　1939年3月21日凌晨，河内高朗街的枪声，曾震惊中国。本意暗杀汪精卫的军统特务，却误将其秘书曾仲鸣打死。"河内暗杀事件"本身以及它后来对中国历史的影响，一直是史家热议的话题。从一个儿子的角度来讲，幼年失父，是一个大不幸，但是从大历史来讲，78岁的曾仲鲁又有些"庆幸"父亲的死，死得及时。属于这个家族的故事，也是那个时代一代热血青年的人生故事，他们最终以各种方式从时代大舞台上谢幕，令人唏嘘感慨。

枪声

　　父亲是在1938年12月19日，跟随汪精卫、陈璧君夫妇等人，从昆明乘包机飞到安南（越南）河内的。父亲曾仲鸣与汪精卫相识多年，曾经担任过他的秘书，后来一直追随他，是他对外的"军师"和顾问，也是他外出旅行的经常伴侣。父亲当时的地位也非常重要——汪精卫身边有两个最主要的助手，一个是陈璧君，另一个就是曾仲鸣，他掌管着汪精卫的财政大权。

按照约定，汪精卫到达河内后，日本方面发表愿意撤军的声明。可是12月22日，近卫文麿以首相名义发表了日华关系的第三次声明，却只字未提两年撤军之事。汪精卫大失所望，一时左右为难，身边的一些人劝他先去欧洲待一段时间，看情形如何发展再决定下一步怎么走。

在重庆的蒋介石得知汪精卫出走越南之后，非常生气。尽管如此，蒋介石并没有马上采取什么激烈手段，毕竟汪精卫曾是国民党的副总裁，也算是二号人物。

母亲在世时，很少给我们讲这一段经历，也许在她心中，这是一个永远无法弥合的伤口。母亲晚年的时候，跟我一起住在瑞士。只有一次，母亲第一次详细地回忆起那些细节。

那天晚上，突如其来的枪声把他们都惊醒了。父亲当时说了句："我出去打电话！"就开门往外走——电话在楼下二层。刚到门口，他看到了一个女人的身影，以为是汪精卫的女儿汪文惺，就叫了声她的小名"美美"，赶紧拉她进屋躲避。其实那并不是汪文惺，而是住在他们后面那个房间的朱执信的小女儿朱微。这时候母亲听见父亲说："我受伤了！"母亲起初并没意识到发生了什么——其实这时父亲已经被子弹打中了腿，母亲让他躺在床上，她自己赶紧去顶着门，把门锁住。

这时候，刺客们从一楼一路开枪上来。房间的门很薄，子弹一下子就打了进来。妈妈也中弹倒在地上。刺客用斧子把门劈开一个洞，伸手进去扫射——事后在他们的房间里，找到了40多发子弹。父亲身上多处中弹，从床上滚到地下。刺客们似乎看到母亲倒在了地上，并没有对她扫射。母亲还对倒在血泊里的父亲说：无所谓了，我们两个就一起死吧……

国变

事情一发生，汪精卫和他身边的人就知道：刺客们是冲着他来的，而父亲是被误杀的。

汪精卫得知父亲受重伤后，非常悲痛。他从住所打来电话，坚持要来医院看我父亲。汪精卫身边的人，包括陈璧君在内，都不同意，他们担心刺客们仍在门外潜伏，见到汪精卫后会继续追杀。但汪精卫流着泪说："我是看着仲鸣长大的，他又为我工作多年，我一定要去看他！"

对于1939年河内的暗杀事件，曾有史家这样评论："河内的枪声，爆出了一个汪政权。"历史不能假设，我也不知道如果没有遇到暗杀事件，汪精卫又会做出怎样的选择。但是有一点至少是可以肯定的：与他相识多年、感情十分深厚的曾仲鸣的遇害，宣告了汪精卫与蒋介石之间的彻底决裂。

革命

父亲一生同日本没有什么瓜葛，没留学过日本，也没有日本朋友。而他的死，竟促成汪精卫投靠日本，是很讽刺的。可是有时候我也忍不住这样想：如果没有这次暗杀事件的话，他们按计划到了法国，那也只会是暂时的。因为到了1939年9月，法国也陷入战事，他们也不可能常住在那边，最终的结果也未可知。以他对汪精卫的信任及追随，如果没有死，而汪政权在南京成立后，他必然会是伪政府里的主要成员。那么过了5年，他肯定会与陈公博、林柏生等人一样被押去枪毙，还要负上"汉奸"的罪名。从这一点上讲，我又庆幸，父亲的死，又死得及时。

汪精卫的家人曾经和我说过这样一句话：自你爸爸去世以后，我们没有开心过一天。其实父亲与汪精卫相识多年，他绝不仅仅是其身边一个简单的"秘书"的角色；而汪精卫对父亲而言，也是亦师亦兄亦友。

这段故事，要从我母亲方君璧的家族讲起。方家出自福州，依靠茶叶生意成为富商。我的伯公，也就是我外公的哥哥方家澍，考上了举人中了进士，后来被派到浙江做官。

在清末，许多有志青年鉴于中国穷、弱，都盼出国到欧美学习。方家澍虽然是传统读书人出身，但是思想并不保守。正是在他的支持下，方家的年轻人成为第一批出国学习现代知识的人。1905年，孙中山在东京成立中国同盟会，母亲的大哥方声涛、七哥方声洞与七姐方君瑛都加入了同盟会。

方家的第四个儿子叫方声濂，很不幸的是，婚后第三年他就因病在上海去世，留下21岁的妻子曾醒和一个儿子。不久，方声洞回到福州，把曾醒和她的儿子方贤俶接到了日本。曾醒在方君瑛的影响下，也加入了同盟会。

那时候，在日本东京法政大学留学的汪精卫，成为孙中山手下的一得力干将。在一次去南洋筹款的时候，当地富商陈耕全的女儿陈璧君对其一见倾心，不仅捐钱捐物，还要追随汪精卫去日本。就这样，17岁的陈璧君也去了东京，要为同盟会工作。孙中山为此还特地写了一个条子说愿意让陈璧君加入同盟会。考虑到陈璧君在日本孤身一人，年龄又小，孙中山就委托方君瑛和曾醒两个人去照顾陈璧君，她们三个人后来结拜为干姐妹。

当年，当汪精卫决定冒险入京行刺摄政王载沣，以壮烈一举挽回革命者的声誉时，他们还专门成立了一个七人"暗杀小组"。方君瑛、曾醒、陈璧君都是成员。

往昔

因为有了这些生死与共的经历，方君瑛、曾醒与汪精卫、陈璧君之间结成了一种特别深厚的情谊。那时候的他们也都是一腔热血的理想主义者。他们在革命之前都曾宣誓过：革命成功后，一不做官，二不做议员，愿意功成身退、解甲归田。他们只希望政府能提供一笔官费可以出国读书。袁世凯已经上台，他当然乐得把这些革命党人送出去，以免留在国内多事，所以很痛快地答应下来。他们四人得到的官费很优厚，每一份足够两个人用，所以方君瑛就决定带她的妹妹方君璧，曾醒带了儿子方贤俶和弟弟曾仲鸣，陈璧君带了她的弟弟昌祖，加上汪精卫，一共 8 人，于 1912 年乘船离开中国。那一年，曾仲鸣 16 岁，方君璧 14 岁。

其实母亲的原名叫方君玉。汪精卫觉得"君玉"这个名字不好听，他说既然陈璧君喜欢十一妹，都有一个君字，那不如倒过来叫君璧怎么样，所以母亲的名字后来就成了"方君璧"。

到了法国之后，他们这 8 人在巴黎以南 30 公里的蒙塔奇租了房子住了下来。那段特殊的时光，也使他们之间的友情更加牢固。汪精卫也用自己的方式铭记这份特殊情谊——他的大儿子叫汪文婴，就是为了纪念君瑛；女儿叫文惺，是为纪念曾醒。文惺刚出世时，是个早产儿，医生都认为活不了太久，那时汪精卫与陈璧君回国参加反袁世凯革命，全凭君瑛和曾醒用棉花蘸牛奶喂她，她才得以生存下来。

刚到法国时，方君瑛曾经对方君璧和曾仲鸣说：你们应该像我们一样，有如兄妹。在母亲眼里，这句话就像誓言一样。可是慢慢地，曾仲鸣对方君璧的感情就有了变化。1922年，他们两人在安纳西湖畔结婚。

飘零

父亲去世那年，母亲只有41岁，她一下子成了独自带着3个男孩的寡母。

父亲遇刺以后，汪精卫始终对我们一家心怀歉疚。他常常找我们几个孩子到他家跟他们一起吃饭。对政治不感兴趣的母亲，虽然也有许多对汪精卫的疑惑和不解，但是对她来说，汪精卫始终是她尊敬的兄长。

汪家的几个孩子虽然比我们都大很多，但是因为从小长在一起，关系也很密切。汪精卫二女儿叫汪文彬，今年（2012年）已经92岁了，年轻时也是很坚决的一个人。有一次她到王府井路过一教堂，很好奇地走了进去，结果里面有个嬷嬷对她说："我一直在等你。"她就信了教，做了修女。后来她到印度尼西亚最穷困的地方服务，老了在那里的一家修道院里养老。新年我们还互相寄了贺卡。大女儿汪文惺后来定居美国。有一年她来瑞士，我们见了面，谈了很多话题。我直截了当地问她："你对你爸爸怎么看？"她承认父亲走错了路。

抗战胜利之后，起初我们也不知道是怎么给父亲定性的，母亲到南京去问曾仲鸣到底算不算汉奸。人家说，曾仲鸣不算汉奸，因为他是死在伪政府成立之前的。所以他的财产不算汉奸财产，所以不充公。我们放心了，重新回到原来的房子里。而母亲马上大张旗鼓地开了一个画展，不是叫"方君璧画展"，而是叫"曾仲鸣夫人方君璧画展"，在上海轰动一时。

1949年，母亲带着我们去了法国，1956年又移居美国。1972年，尼克松访华之后，中国开始慢慢敞开大门。时隔多年，母亲第一次重新回到中国大陆。那一次，周恩来接见了她。周恩来曾在广州黄埔军校工作过，他告诉我母亲：以前在广州的时候见过你。我妈妈对周恩来过目不忘的记忆力惊讶不已。

1981年3月29日是广州黄花岗起义70周年大祭。这一天，母亲在方声洞的儿子方贤旭的陪同下来到黄花岗，给在起义中牺牲的烈士们鞠了三个躬——69年前，她与方君瑛、曾醒、汪精卫、陈璧君一道去法国之前，曾来这里做了同样的动作。

那一刻，不知道她是否想起了身边那些熟悉的亲人和朋友，他们也曾经热血沸腾，意气风发，在那个时代的大舞台上轰轰烈烈地演出，各自扮了生旦净末丑……而这群人当中，对政治最无兴趣、距离又最远的她，却成了最后的见证者。

（《作家文摘》总第1529期）

"四家兄"罗隆基

·叶永烈·

家世

罗隆基曾有过两次婚姻，都离异了。罗隆基没有子女，晚年孑然一身。他唯一的亲属，是同父异母的弟弟罗兆麟。

我曾于1986年11月赶往郑州，专程采访罗兆麟先生。当时罗兆麟在郑州粮食学院（2000年更名为郑州工程学院——编者注）工作。学院党委统战部的马部长接待了我，谈起了罗兆麟的情况。

马部长说，罗兆麟是郑州粮食学院的教师，他作为罗隆基的亲属，受罗隆基的牵连，过去在学院里遭到歧视。"文革"中，罗兆麟遭到冲击，他的母亲和妻子在"文革"中去世。在罗兆麟被抄家的时候，罗隆基的几本相册被红卫兵烧掉。罗隆基喜欢穿西装，他存放在罗兆麟处的15根领带也被烧掉了。

马部长提及一个细节——金日成送给毛泽东的高丽参，毛泽东转送给罗隆基，罗隆基托罗兆麟代为保管。红卫兵抄家时，有人从罗兆麟家把高丽参都拿走，因为一下子吃太多，结果吐了一地！

马部长带着我来到罗兆麟家。时年74岁的罗兆麟很瘦，头发花白。他对着录音机跟我畅谈往事。

罗家是江西省安福县车田村人。罗兆麟称罗隆基为"四家兄"，因为罗隆基在罗家男丁中排行第四——罗隆基有三兄、一姐、一弟。他生于1912年，比"四家兄"罗隆基小16岁。罗兆麟说，罗隆基及三兄一姐，都是嫡母所生，而他是庶母所生。我采访罗兆麟那一年，罗隆基的父亲、嫡母、庶母及三兄一姐都已去世。

罗兆麟告诉我，父亲罗念祖饱读诗书，却数次落第，郁郁不得志，只好开设私塾，教书为业。在他的学生中，有后来成为国民党中央执行委员、第五战区司令官、徐州"剿总"总司令刘峙，也有后来成为"民国政府内务部"部长的罗家衡。当年，父亲同时教罗隆基和刘峙，所以罗隆基跟刘峙很熟。

罗隆基念完私塾后，到吉安上小学。他有个同班同学叫彭学沛，也是安福人，年岁与罗隆基相仿。彭学沛后来成为国民党的中宣部部长，他劝罗隆基加入国民党，罗隆基没有同意。罗兆麟记得，"四家兄"是兄弟之中最聪明的，所以父亲特别喜欢他，重点加以培养。1913年，罗隆基从南昌考入清华留美预备学校，成绩列第一名。

两位嫂子

罗隆基的第一个夫人叫张舜琴，出生在新加坡，她的父亲是新加坡橡胶业巨子、著名华侨领袖张永福，同盟会老会员，跟孙中山很熟。张舜琴在英国留学时结识了罗隆基，1928年夏天，她与罗隆基举行了隆重的婚礼。

罗隆基与张舜琴在上海住在法租界霞飞路的一栋洋房里。罗兆麟记得，那一带住的大部分是外国人和留洋归来的人。罗隆基的邻居是梁实秋、程季淑夫妇。张舜琴留学英国多年，说一口流利的英语，汉语却几乎一句都不会讲。当时罗兆麟在上海浦东中学上初中，放寒暑假时就住在"四家兄"家。他和嫂嫂说话，要罗隆基当翻译。

在罗兆麟看来，张舜琴不算很漂亮。由于不会讲汉语，她开办的律师楼只能接外国人的诉讼，生意非常清淡。后来张舜琴在光华大学兼职。

"张舜琴和'四家兄'共同生活了三年多，因性格不合分居了。'四家兄'浪漫风流，张舜琴却是一个简素的基督徒，两人性格如同水火，只有分开，但是没有办理离婚手续。"罗兆麟苦笑着说。

"后来'四家兄'和王右家结合了。王右家比'四家兄'小12岁，湖北人，曾留学美国。他俩是在王造时家打麻将时认识的。"罗兆麟说。

罗隆基和王右家仍旧住在霞飞路那栋张舜琴住过的洋房里。在罗兆麟看来，王右家比张舜琴漂亮。她跟张舜琴相比，最大的优点是会讲普通话，他跟新嫂嫂讲话就不用"四家兄"当翻译了。

1932年，罗隆基和王右家从上海搬到天津。1937年"七七事变"爆发之后，北平沦陷，天津非久留之地。罗兆麟陪同王右家辗转从天津来到南京，后又辗转到达重庆。此时，张舜琴也来到重庆，要与她的一个学生结婚。直到这时，张舜琴才同意与罗隆基办理离婚手续。于是罗隆基和王右家1938年在重庆结婚。

王右家和罗隆基共同生活了十多年后离婚了。据笔者所知，王右家和罗隆基离婚的真实原因，是罗隆基与杨度的女儿杨云慧发生了婚外情，于是王右家在1943年6月28日与罗隆基分居，王右家曾说："我一向抱着合则留，不合则去的主张，既然骡子（王右家对罗隆基的昵称）与她相爱，我就成全他们也无所谓。"

保存"四家兄"遗物

新中国成立后，罗隆基春风得意，入住北京王府井附近的迺兹府十二号四合院。罗兆麟说，那是"四家兄"一辈子最好、最宽敞的住宅。

在北京，罗兆麟见过跟"四家兄"同居的浦熙修。罗兆麟认为，他的这第三位嫂嫂虽不算很漂亮，但她跟罗隆基志同道合，尤其是政治见解相同，所以罗隆基对她是有真感情的。但令罗隆基伤心的是，在反右派斗争中，浦熙修在强大的政治压力之下，揭发、批判了罗隆基。

1965年12月7日，这个日子罗兆麟记得很清楚。那天早上，前往罗公馆给罗隆基注射胰岛素的护士发现罗隆基因突发心脏病猝死。

罗兆麟来到迺兹府十二号罗公馆，发现罗隆基的重要遗物，诸如日记、文稿、信件等，都已经被中共中央统战部运走。罗隆基的遗物——几百美元，若干黄金，由有关方面折合成人民币给了罗兆麟，还有许多名人字画及文物，也交给了罗兆麟。遗物中的一套《四库丛刊》，罗兆麟捐给了全国政协。此外，罗隆基的遗物之中，还有史良的情书和浦熙修的熨斗。

1986年我采访罗兆麟时，他毫无保留地把他保存的罗隆基在

1957年的检查以及罗隆基致沈钧儒的信、致郭沫若的信，交给我复印保存。当我返沪之后，罗兆麟又让他的儿子带了一批罗隆基的遗稿送到我家，内中最为珍贵的是一封毛泽东主席致罗隆基亲笔信的原件。

1988年12月2日，我收到罗兆麟的最后一封信及贺年卡之后，再也没有见到这位老人的书信了。1990年7月罗兆麟因脑出血病逝，享年78岁。

（《作家文摘》总第1726期）

我所了解的惩奸大事

·龚选舞·

我原本是个大学法律系学生，一出校门便转业新闻，原以为四年习法的辛苦是白费了。谁知一进了南京《中央日报》便碰上国府大审汉奸，报社负责人一俟我实习期满，便告诉我说，今后你的采访路线是法律，举凡立法、司法部门都在你的"管辖"之下，目前最主要的工作便是听审汉奸。

军统全国逮汉奸

先说逮捕汉奸工作，早自1945年9月下旬便由军统人员在各地同时进行。论其原因不外是：一、军统一向得到蒋介石的充分信任，在沦陷区原已布有地下组织，对汉奸活动比较熟悉；二、事实上，日本投降时军统武装人员也已潜入东南各大城市，汪伪组织的重要头领如周佛海等多已向军统投靠，由军统掌握、利用，因此叫军统负责捉人，可谓手到擒来。但是，由于军统是秘密特务机关，依法不能公开捕人，因此他们采取行动时，仍是以宪兵、警察、军队等机构之名义进行。

在逮捕工作开始时，国府还公布两项重要指导原则：第一，对于伪满、伪蒙汉奸，因情况特殊，一律不咎既往；第二，对一般汉奸，则从宽处理。

具体捉奸过程中，军统主要采取诱捕和以奸肃奸两个办法。首先，他们编好厚厚一册的"汉奸提名录"，利用汉奸们无处可逃，企图幸获减免心理，要他们自首登记，随后分期分别召见，予以扣留。仅在1945年9月26日这天，军统利用这种"请君入瓮"办法，便在南京逮捕了伪实业部长梅思平、伪教育部长李圣五、伪南京市长周学昌、伪海军部长凌霄，以及李士群之妻叶吉卿与吴世宝（又名吴四宝）之妻余爱珍等多人。

计抓群奸一网打尽

在华北，军统更戏剧性地使用上述"请君入瓮"办法，把大号汉奸们一网打尽。原来12月5日这天，北平首要汉奸都接到由伪华北政务委员会委员长王荫泰署名请帖，邀请群奸到兵马司胡同一号伪华北政委会经济总署督办兼联合准备银行总裁汪时璟豪宅饮宴。晚上八时，正当群奸毕至，主客畅饮之际，赶到北平的军统局长戴笠却到场拿出一份名单，当众宣布说："从现在起，你们都是被捕人犯，我们准备把大家送往监狱。这是中央的命令，本人不能作任何主张。"

这样，座上客顿成阶下囚。由于事情来得过分突然，群奸一时六神无主，不知所措，其中，华北头号汉奸王克敏精神更是紧张，随即倒在沙发上爬不起来。这天被捕的，除了曾任伪华北政务会委员长的王荫泰、王克敏和王揖唐，以及屋主汪时璟外，还有伪政务会建设总署督办余晋和、伪治安总署督办杜锡钧等五十余人，当然，别号知堂老人的伪教育总署督办周作人也包括在内；同时，在天津被捕的还有伪政务会绥靖总署督办、北洋老军阀齐燮元等九十余人。

然而最难抓的，还是当众大叫"老蒋这样、老蒋那样"既傲且悍的汪精卫之妻陈璧君。

这位永远要人尊称她汪夫人的"党国元老"，久镇广东，是南方最大的一条地头蛇，如果捉人时操之过急，很可能发生麻烦，甚至引起动乱。因此由戴笠设计，先伪造一封蒋主席具名的电报，由他的副手郑介民亲自送给汪精卫的连襟伪广东省长褚民谊，电文上说："重行兄（褚的别号）：兄于举国抗敌之际，附逆通敌，罪有应得，惟念兄奔走革命多年，自当从轻议处。现已取得最后胜利，关于善后事宜，切望能与汪夫人各带秘书一人来渝而谈，此间已备有专机，不日飞穗相接，弟蒋中正印。"

褚见电码上附有密码，深信不疑，乃劝陈璧君应命前往，而陈也乐见蒋主席仍尊之为汪夫人，决定带两篓新上市杨桃到重庆送人。谁知他俩中了戴、郑之计，被军统人员辗转押往苏州候审。尽管一路上她不停骂人，甚至对一位叫她陈璧君的军统高级人员教训一顿，说："陈璧君这个名字是你叫的吗？当年国父孙先生不曾这样叫我，你们的委员长不敢这样叫我。你是国民党下面雇用的人，你配这样叫我？"可是，尽管叫得厉害，人还是被押往法庭受审。

如此这般经过了三个月，到1945年底，军统在南北各地一共捕获有汉奸嫌疑者4692人。

一切准备停当，正式审奸的工作，乃于 1946 年 4 月先后在各地进行。

意外首位受死的缪斌

先说那个原不该死的倒霉鬼缪斌，这个 24 岁便在北伐东路军担任政治部主任的少年得志人物，原是何应钦的亲信，国府定都南京不久，即出任位高权重的江苏省民政厅长，任内公开定价出卖县长，被他的无锡小同乡吴稚晖先生纠弹下台。闲居中，曾被何应钦派往日本担任联络工作，谁知抗敌开始，即为他的日军特工朋友拖下了水，参加日本御用组织的新民会和东亚联盟。及 1940 年 10 月汪逆组府，更出任伪立法院副院长。1945 年 3 月，缪斌自称接受重庆国府命令，赴日谋和，且曾与日本首相小矶国昭等进行谈判，终因日本陆海两相坚决反对未成。

及抗敌胜利，缪斌自以为曾进行策反参加和谈，可保无事；事实上，一度也曾逍遥法外，过着清闲的寓公生活。不久，虽被捕押往南京，但仍接受充分招待，未料一天深夜，突被押往苏州候审。

为什么缪斌遭遇竟如此变幻莫测？据当日报章透露，是由于美军无意间在日本档案中翻出缪斌不久前携往日本的所谓"和平条件"。原来，在当年罗斯福、丘吉尔、蒋介石举行的开罗巨头会中，原有任何盟国不得与日本单独谋和的决定。如果缪斌真的是代表国府谋和，岂不是有违斯议？

于是，在美国询问下，国府乃以处决缪斌作为否认议和的最有力表白，而缪斌也就在 1946 年 4 月 3 日在苏州受审，同月 8 日判死，5 月 21 日执行，成为肃奸史上第一个明正典刑的汉奸。缪斌原仅任伪立法院副院长闲职，胜利前又已"赋闲"在家，本不致死，但因牵涉盟国的违约嫌疑，因此被拿出来开刀祭旗，这恐怕是他始料不及的吧。

陈公博从容褚民谊狡猾

第二个在苏州受审的是伪国府代主席、伪行政院长兼伪军委会委员长陈公博。远在胜利之初，他一看脑袋不保，乃在日方授意下，于1945年8月25日，偕妻子李励庄等一行七人，密乘飞机前往日本避难，但事为国府侦知，经与日方交涉后，复自日本押解回国受审。

在苏州高院受审时，陈自忖必死，在审理中，虽也宣读了3万多字名为《八年来的回忆》的自白书，但自知是无济于事。果然，1946年4月12日，审判长孙鸿霖宣布对他判以死刑。

及同年6月3日伏法之前，他也表现得相当从容，先写了对家属遗书，再写致蒋介石书信。但写了一半，便搁笔微叹，自嘲"当局自有成竹在胸，将死之人，说了也未必有用，不如不写吧"。然后他转身面对监刑法官说："快到中午了，我不能耽误你们用膳的时间，我死后，遗书请代交家属，现在就去吧。"说完，还与监刑官、书记官握手道别。看来，这汪系下两员大将之一，还有些书生气慨。（另一为顾孟余，虽与汪亦交厚，但守正留渝，未曾附逆。）

接下去在苏州受审的是先后曾任伪外交部长和伪广东省长的褚民谊。他是陈璧君的妹婿，战前汪精卫出任行政院长时，他即因屡有标新立异表现受人注目。譬如在六届全运中连夺游泳锦标，被人封为"美人鱼"的杨秀琼在赛后观光之际，褚胡子即以行政院秘书长之尊，亲为杨女驾驶马车，招摇过市。此番被捕受审，先判极刑，褚某不甘就死，乃以携回国父致癌肝脏及遗著原稿为由（褚民谊认为自己1942年将孙文腑脏从日军控制的协和医院救出，于国有功），声请复审，且得当道暗中声援，但法官坚持立场，在法言法，仍判以死罪，并于8月23日执行。

倒是与他一同中计被逮的陈璧君，大概被人视为女流之故，仅判了无期徒刑。

（《作家文摘》总第1846期）

贴身警卫口述在贵州监视张学良

·杨 煜口述 余维平整理·

我当上了张学良的警卫

1941年11月，我毕业于黄埔军校18期，毕业时年仅18岁，被授予中尉军衔。我和几个同学被分配到贵州开阳县一个秘密的地方，担任软禁在这里的抗日名将张学良的贴身警卫。

开阳县距贵阳仅有50公里，山高路险，是贵州通往湖南、四川的要道。抗战以后，国民党的不少机构迁驻于此。而张学良软禁在开阳不到3年，由于日军打到了贵州，蒋介石又下令把张学良秘密转移到了贵州桐梓县天门洞。

天门洞四面环山，最高的山峰海拔1000多米，山上有寺庙，最低的山峰也有500多米，南边还有一条大河，仅一条路通往山外。这里是新建的一栋为兵工厂发电的厂房，还没有安装发电设备，却成了软禁张学良的秘密住所。当时对张学良的看守非常严，实行的是有限制的自由，张只能在三四公里的范围内活动，可以散步、钓鱼、打猎，经常打野鸭，每次外出都有一至三个贴身警卫跟随。我就是张的随行警卫之一。

虽说天门洞有天然的屏障，地势险要，插翅难飞，但是国民党对此的戒严却是特级的。负责看守张学良的事宜直接由军统头目戴笠主管。天门洞周围有三道防线。外围有暗堡、战壕，由一个装备精良的中央警卫团警戒；二道防线有一个宪兵排负责监视巡逻；内里便是我和四五个贴身警卫日夜负责张学良的安全。

当时，一般不准张学良与外界人员接触。但是有一个人可以例外，就是莫德惠，因为他是张学良的父亲张作霖最要好的朋友，是蒋介石特批的。此外，任何人没有蒋介石的手令，是不准见张学良的。一次，国民党贵州省主席杨森进山要见张学良，已经闯过了一关、二关，因为没有蒋介石的亲笔信，在第三关被我拦下了，杨森也只好打道回府。

我心目中的张学良

张学良是个圆脸，在戒掉大烟之后开始发胖，身高 1.7 米左右；秃顶，前额有长发往后梳理；穿着很普通，以制服为主，说话和做事都很文雅，口音尖哑，带女声味。

张学良的生活也很朴实，他不抽烟，不喝烈性酒，有时小饮红葡萄酒；他还喜欢采摘野杨梅，自酿杨梅红酒。平时以馒头和素菜为主，他喜欢吃豆豉烧猪油渣这道菜，另外爱吃汉口的莲藕。他知道我的夫人是武汉人，时常对她说："武汉的莲藕最好吃，有 9 个眼，比外地的藕多一个眼。"

张学良有时还亲自下厨做东北家乡菜。他常风趣地说："我的生活费是蒋委员长从他的军贴中支付的，不吃白不吃！"

张学良虽然身居高官，却没有一点儿官架子。他常叫我到贵阳老乡家里去玩儿。他还叫赵四小姐给我的儿子织了一件毛衣。

张学良最大的特点就是好胜心强，这表现在他下象棋上，赢了就高兴，输了就生气。一次张学良和别人下象棋，在一旁观看的军委会特务队长刘乙光眼看张学良要输，便劝张退"帅"，张偏要进攻，结果输了。张便大发脾气，把棋桌掀了，把自己喂养的狗也打跑了。

张学良的爱好十分广泛，读书、看报、写诗、下棋益智；散步、爬山、锻炼身体；钓鱼、打野鸭。他还喜欢听、唱京剧，当时有一个姓杜的副官会拉京胡，张便经常叫他伴奏唱京剧，主要剧目有《平贵回窑》《八大锤》和《苏三起解》等。

愉快的相处

张学良喜欢钓鱼而不吃鱼，钓来的大鱼都送给别人吃，小鱼就喂养，供自己观赏。他的钓鱼竿是一位英国朋友送的，鱼钩是多层的，鱼竿带有小铃铛，诱饵是芝麻饼，当鱼咬钩之后，铃声一响就收竿，十有八九能钓到鱼。有一次，我陪张学良到河里钓鱼，我在上游，他在下游，由于流水的作用，不一会儿，张学良起钓时，拉不动，还以为钓到了大鱼，直到扯起鱼竿时，才发现是两个鱼钩挂在了一起，于是两人便哈哈大笑。还有一次，我和张学良在河边钓鱼，一群野猴子在不远的地方吱吱叫个不停，约有10只猴子从一棵大树上手牵手吊下来掏野蜂蜜吃。张学良看见后和我会心地一笑，便从我身边拿过步枪，端枪一击，"啪！"只见上面第一只猴子抓住的树枝应声而断，一连串的猴子纷纷落地，这时，张学良和我都开心地笑起来。

说起猴子，还有一个小故事。一天，我陪张学良散步，来到天门洞最高的山峰。这里有一座寺庙，成群结队的大小野猴自由自在地进出。张学良想捉一只幼猴喂养，又怕母猴护子伤人。张学良眉头一皱，计上心来：他叫我找来一截外实内朽的木头，再挖一个小洞，里面掏空摆上几个黑桃，放在幼猴出入的地方。不一会儿一只幼猴钻进去了，只能进而不能出。这样略施小计就捕住了一只幼猴。

与其说张学良喜欢打猎，还不如说他擅长打野鸭子。在离天门洞不远的地方有一个中正坝河，河里野鸭成群。他的枪法特别准，天上飞的用手枪或步枪点发，河里游的用冲锋枪连射，可谓弹无虚发。一次我到河边捡野鸭不慎掉进了河里，张学良赶紧把我拉上岸，一边帮我擦水珠，一边问我冷不冷。

张学良虽然很少吃鱼，但是每次打的野鸭，他都要尝一尝。他不吃鱼的原因也许与那次吃当地的小螃蟹有关。一天，我和张学良打猎归来，路过一条小溪，只见水里有很多小螃蟹，他叫我捞了不少，回住地后，叫厨师用油炸酥。当晚他很有食欲，吃螃蟹并喝了一点葡萄酒，还没有消化，就又去打篮球，回来后腹痛难忍。这下把我吓蒙了，我赶快请示上司，当天送到国民党贵阳中央医院做了阑尾手术。为了张学良的安全，路上和医院全部有宪兵把守，当时，我寸步不离地一直守候在张的身边。

张学良一直对我很好，有一次还保护我免遭了处罚。那一天，我陪张学良出去散步，我们边走边聊，竟一直走到了少数民族居住区，以至于延误了返程时间。队长刘乙光大为恼火，不但开口骂我，还要处罚我。张学良上前拦住刘说："是我让他去的，与他无关！"这样，刘才放过了我。

在回忆和张学良相处的日子里，我不得不说说赵四小姐。其实，我们常叫赵四，应该是赵媞，她有3个名字：赵一荻、赵媞、赵绮霞。当时，张学良和赵媞小姐还不是正式夫妻，只是"学良"和"赵媞"相称。赵媞小姐长得特别漂亮，鹅蛋脸白里透红，身材苗条，她不仅端正典雅，而且像一块精美的璞玉，有一种天生的丽质和恬淡、圣洁之美。她平时喜欢用法国香水，穿什么衣服都合身。她和张学良的感情十分真诚、亲密，他们常在一起交谈、散步、读书、看报、跳舞，是难得的知己和伴侣。当时由于生活环境的影响，赵媞小姐脸上长了少许雀斑，张学良曾和我开玩笑说："赵媞小姐脸上原来是没有雀斑的，要是有，我是不会要的！"

1946年8月，因局势动乱，张学良被送往台湾，由于专机太小，我和另外5名警卫人员及家属留在了大陆。1948年2月25日，我随部队起义投诚，被编入解放军辽东军区教导团学习。

（《作家文摘》总第 1852 期）

我的外公孙冶方

·武克钢口述　徐庆全采访整理·

在左祸深重的年代，孙冶方坚持社会主义市场经济理论，身陷囹圄达7年之久。改革开放后，孙冶方又以对中国经济体制改革的探索，得到国人的崇敬。

革命的外公和资本家的外公

我母亲生于江苏无锡。那时，无锡有两个有名的家族：荣家和薛家。荣家，就是今天大家都知道的荣毅仁家族；薛家，就是我母亲的家族。薛家与荣家一样，都是从事实业救国的大家族，而且两家关系密切。20世纪30年代，荣毅仁的父亲荣德生被绑架，我母亲的父亲，也就是我的亲外公薛明剑，代表青帮去和绑架方谈判。谈判很顺利。救出了荣德生。

我的亲外公薛明剑兄弟四人，最小的是薛萼果，也就是后来的孙冶方。他参加革命后，为免连累家人改名，从母姓孙。薛明剑有子女 16 个，而薛萼果则无儿无女。薛明剑把我的母亲过继给了孙冶方，所以我是孙冶方正嫡的外孙。在我眼里，他就是我的亲外公。

虽然今天人们只知道弟弟，而对哥哥知之甚少，但 70 年前情况却正相反。薛明剑做过国大代表、立法委员，是当年南方民族工业界举足轻重的人物，被孙中山和蒋介石器重。

解放以后，薛明剑是被改造的对象，而孙冶方则是共产党内的高级干部，两个人的地位天壤之别。

孙冶方在北京，政治地位很高。由于他的革命经历，与周总理、陈毅、朱德等关系很密切，他们之间经常串门，我也成为他们眼中的小宠儿。周总理喜欢抱我，邓颖超大姐给我拿糖吃。外公和陈毅都是新四军出来的，所以关系更熟悉一些。陈毅抱我，喜欢用胡子扎我。

"文化大革命"开始了，两个外公却都从我生活中消失了。上海的外公作为资本家被抄家揪斗；北京的外公作为反革命也被打倒了。对于北京外公，由于他坚持社会主义经济也要遵循市场规律，很早就对苏联的那一套提出批判，他在 1964 年就遭到了批判，"文革"中，他被继续批判并被抓进监狱。

在北京与外婆相伴，接外公出狱

1973 年我被推荐到北方交通大学。母亲特别高兴。临行前，她把我叫到跟前谨慎叮嘱我："到了北京想办法去看看外婆，外公被抓起来了，他是以'反革命修正主义分子'的罪名被抓的。他是反对林彪的。现在林彪都死了，他也可能会很快被放出来。他是个老共产党员，他是个好人。"

那时，外婆住在三里河一个筒子楼里，自外公被抓后，外婆一个人独居，基本上不和任何人来往。外婆见到我后，老泪纵横，说话都有些语无伦次了。

我虽然从小就知道外公的经历很不简单，但从外婆那里我才知道，原来外公是这样了得：老共产党员，还和王明、杨尚昆、张闻天等人一起在苏联留过学。外公因为江浙同乡会事件，当年还差点被共产国际枪毙，因为蒋经国的缘故才保了一条命。邓小平、叶剑英从法国回来到莫斯科学外语，学政治经济学，外公就是他们的老师——后来，外公病重邓小平看望他，称呼他为"孙老师"就是这个来历。

1974年，邓小平复出，对老干部的监管也逐渐放松了。这一年的10月，有人通知说，外公还活着，可以去看他。我立刻陪外婆到秦城监狱。外公倒没有诉苦，只是向外婆要草纸，后来才知道他是用来写东西；要被子，说这里冬天很冷，被子太薄了。1975年初的一天，外婆突然打电话到学校找我。原来外公要被放出来了，外婆要我陪她一起去接。这是我10年后第一次见到外公。他有些茫然地盯着我，后来才如梦方醒地叫了声"沙沙"，那是我的小名。没有意外的惊喜，平淡得一塌糊涂，而我却忍不住泪水。

外公回来后没人管他，也没人发给他工资，也没人找他谈话，起码三个月没有一个人来看他，他成了被"遗忘"的老人了。

在"反击右倾翻案风"的风浪中

外公告诉我，至少从1958年开始，中央的一些人就对他很不满意了。

他说，1958年"大跃进"时，张春桥在《解放》杂志上发表文章，鼓吹供给制，"我坚决反对，由此我提出了'价值论'。张春桥不满还在其次，主要是中央有些人对我不满。1962年6月到8月，陈伯达邀请我每天去《红旗》杂志编辑部参加'座谈会'，康生也几次约我去'座谈'，让我讲我自己的学术观点。其实我知道，那是他们'钓鱼'，以便收集我的'修正主义罪证'，以后再将我一棍子打死。一些朋友劝我，我还是认为，坚持自己的学术观点比什么都重要"。

外公仍然坚持写这方面的文章，公开刊物发表不了，他就在内部刊物发表。用当年康生的话讲，简直是"死不改悔"了。到了1964年，康生、陈伯达就根据外公在内刊上发表的文章，给他戴上"中国最大的修正主义者"的帽子。从此对他的打击一步步升级，直到1968年4月4日夜间他被关进秦城监狱。

老头子坐了7年的牢，在牢房中他一直坚持写他的"论战书"。狱中没有纸，没有笔，他就打腹稿，反复背诵，达85遍之多，他长期患肝病，居然熬过了极端苦难的7年铁窗生活。真是奇迹！

把外公从监狱接出后，他同时干四件事情。那时候，张春桥有一篇著名的文章，叫《破除资产阶级法权》，认为价值和商品，造成资产阶级法权，引用了很多马克思、恩格斯的原话。外公读后，说，这是断章取义。他查马克思恩格斯原著，写了一篇驳斥文章，并坚持"送中国科学院学部"。后来，江青在大寨的讲话又点他的名说："孙冶方又要翻案了。"与这事是有关系的。他不但不怕，还坦然地说："我有什么案可翻？至于经济学问题，我可以同她争论。他们把经济搞成了这个样子，难道也是我孙冶方的罪过吗？"

第二件事，整理他的《社会主义经济学纲要》。这是他在监狱里默诵几十遍的一部书稿。

第三件事，是与一些"老右派"串联。1975年下半年，外公家里常常门庭若市。陈翰笙、阳翰笙、徐雪寒、梅益、方毅、宦乡、汪道涵、张劲夫等等，我在报纸上常看到的"反革命分子"都来了。我印象很深的一次，这些朋友在家里议论毛泽东，外公声音特别大。他指着墙上的毛主席像说："老毛啊，老毛，你晚年可把国家害苦了。"我听了感到非常震惊，但那些老人却点头称是。

第四件事是：写各种各样的材料。外公经历比较复杂，他说，现在有很多人因为历史问题被关进监狱，遭受审查。有些事情我是知情者，一定要如实写出来，交给组织，不然，有些人会一直被冤枉下去的。外公对扬帆和潘汉年遭遇不幸常常感到不平。他在材料中专门写了这个问题。后来，我陪外公到上海见过扬帆，他的眼睛都瞎了，外公和他见面就抱头痛哭。"反击右倾翻案风"时，江青说"小小孙冶方胆大包天，竟敢直接攻击毛主席"，就是冲着他送上的那些材料来的。

改革开放政策的推手

粉碎"四人帮"后，国家面临着拨乱反正的艰巨任务。这时候的外公，仿佛焕发了青春，无所顾忌地投入了拨乱反正洪流中去。

1979年9月，外公检查身体，发现晚期肝癌。手术后，外公休养了一个时期，又开始各种活动了，不断地发表自己的学术见解。用他的话来说，是"放炮"。在一次中央经济工作会议上，他的讲话很尖锐，引起一些人的震惊。会后，他遇见李先念就问："我是不是有些过了？"李先念说："孙老你又放炮了，不是过了而是轻了一点，要多放几炮支持一下小平。"外公这些人是全力支持邓小平的。

1979年，在得知外公得癌症后，小平同志有一个意见：一定要把孙老的经济观点留下来。中央为了抢救外公的经济思想，在青岛组织了一个写作班子。参加这个班子的人，现在都成了叱咤风云的经济学家了。

1982年，外公病势转危，住进了医院。不过，他对中国经济的思考一刻也没有停息过。这一年，党的十二大召开，他作为中顾委委员、大会代表，在会上做了一个发言，认为党中央提出的从1981年到20世纪末的20年内，争取全国工农业生产年总值翻两番的奋斗目标，是有充分把握实现的。但是也有人信心不足，认为速度定得太高，又要犯浮夸与冒进的老毛病。中央领导同志从简报上看到了这个发言，便想请他写篇文章详细地论述一下这个问题。接到通知后，他一刻也没放松，完成了他生命中最后的一篇文章：《二十年翻两番不仅有政治保证而且有技术保证》。这是一篇当年反响很大的文章，对那些迈不开改革开放步伐的人，是一个很大的冲击。

外公在弥留之际，提出一个非常怪的要求，想吃红萝卜奶酪。外公给我讲过，当年，外公在去莫斯科留学的火车上，每人发几个面包和两个红萝卜奶酪。有一天，苏联的列车长冲进中国留学生所在的车厢，大喊大叫大骂。后来才知道，有人嫌红萝卜奶酪不好吃，扔到厕所里被苏联人发现了。这位列车长很愤怒，叫嚷说：全苏联人民都吃不上的东西，优待你们这些学生，你们居然给扔了。后来才知道，是王明扔的。外公说，他们不喜欢吃，可我喜欢吃。可是，当时条件有限，到哪儿找呢。后来，还是梅益通过关系找到外交部才弄到的。外公躺在病床上，一片一片地削着吃，一脸陶醉。

外公的遗嘱中一条是不开追悼会。后来，还是搞了一个小型遗体告别仪式，不算是追悼会。这个仪式是我一手操办的，我不要一个花圈，但是满屋子布满了鲜花。王光美阿姨一直在现场陪伴着我们。外公一生特立独行，我想，如果他在天有灵，一定会喜欢这样的送别方式的。

（《作家文摘》总第 1172 期）

我眼中的父亲梁实秋

·梁文茜口述　刘宗永 纪 篦整理·

　　我讲的虽然是梁家的一些家庭琐事，但很多人就说你们家的这些悲欢离合、风风雨雨，反映的就是中国的时代变迁，有很多知识分子都大同小异，有类似的遭遇。

梁家家事

　　梁实秋故居在北京东城内务部街20号，现在门牌是39号、40号、41号。我曾祖父是满族，在清朝是四品官，收入比较多，此外还在北京和南方经商，他就买了内务部街这套房子。

　　我曾祖父叫梁之山，他不能生育，后来就抱了一个孩子，好像是从沙河那儿一个农民家里抱来的，刚出生就抱我们家了，我爷爷的亲生父母是汉人。

　　我爷爷和我奶奶一共生了13个孩子，除一个夭折外，其他都长大了，6个男的、6个女的，我父亲排行第二，那时候叫梁治华。我大爷去世早，死于肺病，他儿子也死了。在清朝的时候都讲究妇女殉节，我大妈殉节被慈禧太后知道了，就赐了一个牌坊"贞烈可封"，竖立在双榆树，后来那个地方拆迁了，变成了双榆树商场。

我母亲的娘家在安徽会馆附近。他们是一个大家庭，我妈妈没上大学，因为家中经济比较困难。我妈妈很早就上香山慈幼院工作了，日后学习画画。她跟我姑姑是同学，这样就和我父亲认识了。以后他们在四宜轩约好，我爸爸上美国留学，我妈妈等他三年。我爸爸本来应该念四年回来，可是三年就回来了，他怕不回来我妈妈跟别人结婚。

我妈妈做饭，他在小屋里译莎士比亚。他的衣食住行离不开我妈。关于他跟我妈的历史，有一本书叫《槐园梦忆》，他写得很动情，就是一辈子跟我妈在一起生活的琐事。我妈死了以后，他简直觉得痛不欲生了。

一生翻译莎士比亚

我父亲一生所从事的，最多的就是教育。他从二十几岁就当大学教授，一直到65岁退休，没干过别的事儿，别的都是副业，写作都是副业，正经的职业就是教书。他写的那些教科书的讲稿现在都在台湾，大学的、中学的、小学的都有。

要说他业余的生活就是写作了。他一生比较大的事就是翻译莎士比亚。到他70岁的时候，在台湾开了一个盛大的庆祝会，庆祝翻译完成了全部的莎士比亚著作。但是这个中间是历经了很多风风雨雨的。20岁开始翻，翻到70岁，一年翻一本的话，不能间断，而且要找很多参考资料。他为什么感激我妈妈，他家事不管的，都是我妈妈管，他成天就在书房里面，就是个书呆子。他说，没有我妈妈的话，翻译《莎士比亚全集》都完不成。他有痔疮，痔疮有时候流血他也不知道，他就一直写，后来我妈发现他椅子上有一大摊血。当他专心致志写作的时候，一切疼痛，其他的事情全忘了。后来我妈妈给他做一个大棉垫，以后他就坐在上面工作。

另外他编了一套字典——《远东英汉大辞典》，属于工具书，收录了8万多条词汇，当时中国的字典只有3万多条，这个他是用了3年的时间，发动了200多人，全世界各图书馆都跑遍了，收集资料，编了一套英汉字典，然后分类出版，有医学的、科学的、历史的、文化的等等，有30多本。

当初联合国用的英文字典就是梁实秋主编的，我原来也不知道。为了去美国探亲，我到美国领事馆签证。签证官问我："你是梁实秋的女儿？梁实秋是我老师。"我说："怎么会是你的老师呢？"他就从抽屉里拿出一个黄本的英汉字典，他说："我天天都在看他的字典，所以他是我的老师。"

老友

闻一多和我父亲在青岛大学的时候在一个学校教书，他们两人关系非常好，闻一多差不多每个礼拜都上我们家。那时候我父亲就说闻一多受抗战的影响很激进的。当时就有很多特务都跟踪他们，我爸爸也是被跟踪的对象。他就对闻说：闻一多，你自己留个心眼，你不要在公共场合这样，会受到迫害。后来到台湾去，他把闻一多给他的信一直带在身边。还有闻一多当时受害的报纸，都黄了，跟手纸似的，他一直带在箱子里。

在北碚的时候，父亲和老舍都在编译馆，老舍就住在我们家东边。老舍晚上经常上我们家去，闲着没事儿有时候打麻将、聊天。后来开文艺晚会的时候，他们俩说相声，两人都一口北京话。

后来台湾推荐诺贝尔奖获得者，人家推荐梁实秋，父亲说我不行，人家说这是中国代表就给一个名额，我父亲说台湾这么一个小地方代表不了中国，人家说那你推荐一个，谁行呢？他说我看就老舍行。可是那时候老舍已经死了，他还不知道呢。后来一问，老舍死了，人家说你推荐别人吧。他想了半天，那推荐不出来了。据说后来把这个名额给了日本。

季羡林和我父亲关系也特别好。那时候季羡林在犹豫学什么好呢，学东方语言文学系是冷门，全中国人没有几个人学。我父亲说你就学这个吧，学这个好，越少数越好，全中国就你一个人会。季羡林就在东方文学系学少数语种，所以季羡林对我父亲是很尊重的。在学术上我父亲也非常器重他，那时候他还年轻，觉得他将来会特别有出息。

中国人

我是学法律的，不太懂得文学。但是耳闻目染也知道一些，我父亲对于文学，他不希望有什么束缚，他说我想到什么就可以写什么，不希望别人给他定一个条条框框。中国的文学上有很多流派，当然也受各种政治思想的影响，那是不可避免的。因为生在这个时代里，不能脱离这个时代。谈到鲁迅的事情，我知道鲁迅的后代在台湾跟我父亲关系很好的，经常上我们家吃饭去，照了相片给我。现在台湾和大陆和平相处亲如一家了，求同存异了，就别再揪住历史的问题。

人不管流浪到多远，对于故乡的感情永远是割不断的。我父亲死的时候，穿着一身中式的长袍马褂，不要穿西装。他上美国去，人家让他入美国籍，他说我不入美国籍，我是中国人，我以是中国人为自豪。

梁实秋虽然是搞文学的，但是爱国的思想贯穿在他思想里头。抗日战争时期，我家后院有一个井，我奶奶常年设一个祭台，摆上水果，就是纪念抗日战争牺牲的这些阵亡将士，我们都去磕头。

（《作家文摘》总第 2065 期）

赵炜：我的西花厅岁月

·李 菁·

忙碌的西花厅

1955年1月，从部队转业到国务院机要处不久的赵炜，被调到中南海西花厅总理办公室工作。

到西花厅，赵炜的第一个感受是那里很多人的工作时间和别人不一样。周总理习惯夜里办公，最早也要到凌晨二三点。据说以前中央曾请刘伯承给周恩来当参谋长，刘伯承听后急忙说："恩来熬夜的本事实在大，我可熬不过他，还是另请他人吧！"上午基本是周恩来的休息时间，秘书们的作息也跟他一致，所以西花厅的上午大多是静悄悄的。

西花厅一天的繁忙是从总理起床时间为起点：先是忙着请示汇报的秘书们——五六十年代，周恩来总共有20多位秘书，负责联系不同的部委，周恩来办公桌左手下有一排标有秘书名字的电铃按钮，便于找这些秘书。"文革"后，这些秘书只剩下两位。

"总理平时有两件东西是从不离身的。一件是他的那只老手表，另一件是办公室和保险柜这两把钥匙。"赵炜回忆。周恩来的办公室有三把钥匙，他自己一把，值班秘书一把，值班警卫一把，连邓颖超都不能"私自"进入他的办公室。或许是早年革命生涯沿袭下来的习惯，周恩来的钥匙几乎24小时不离身，平时放在衣服口袋里，睡觉时就压在枕头底下，出国时才交给邓颖超保管。

　　平时，周恩来都是亲自取放保险柜里的东西，至于里面究竟放了些什么，邓颖超也从不知晓。在总理身边工作了21年的赵炜有过两次打开保险柜的经历。第一次是"文革"初期，周恩来让赵炜将里面存放的三个存折取出送交中国银行保管，三个存折累积40万元的存款是解放后国家给傅作义的补贴，"文革"一起，傅作义怕红卫兵抄家便在前一天晚上送到周恩来这里保管。第二次开这个保险柜时已是周总理去世，来清理遗物。"说实在的，这次打开保险柜很出乎我意外，因为里面根本没有任何重要的东西。"总理是个保密意识很强又很细心的人，赵炜推测，他一定在住院时就把里面的重要东西作了安排。

　　周总理有一个清嗓子的习惯。夜晚，只要从外面回来，在西花厅前院一下车他就要咳两三声，一听到这个声音，值班室的人马上知道总理回来了。赵炜还是后来从邓颖超那里知道，原来周总理这种进门前先咳嗽的习惯是30年代在上海做地下工作时养成的。那时他们住的院子没有电铃，回来晚了不敢高声叫门，就以咳嗽两声为暗号。后来虽然转战南北，这个习惯他一直保留了下来。

　　"总理是个喜欢整洁的人。办公完毕，他习惯自己把办公桌上的文件收拾好，笔、墨、放大镜等文具也都一一整理得清清爽爽，放到固定位置，临走前再把椅子摆好。"在总理身边待了20多年，不知进了总理办公室多少次，赵炜从未见过他的办公室有过乱糟糟的情形。注重仪表的周恩来，即使在家也穿得整整齐齐，再热的天，他也坚持穿衬衫，而且从不敞着领扣。

非常岁月

细心观察，周恩来五六十年代的照片多为满含笑意、意气风发之态；而在最后十年，留下的几乎都是面色冷峻、饱含忧虑的形象。"文革"一起，西花厅也改成了革命色彩浓厚的"向阳厅"，原本洋溢着的温暖气息也一下荡然无存。

为了避免不必要的麻烦，"文革"一起，周恩来夫妇首先自己制定了"三不"政策：不接见，不通电话，不来往。原来往来的老友、烈士子女，甚至周恩来自己的侄辈，一下子都从周恩来的生活里隐去了。

"总理经过这么多年的革命锻炼，你从他的表情和言谈根本感觉不出他内心的波动。"赵炜说，虽然外面的局势一天比一天压抑，但在西花厅内部，很少听到周恩来谈论什么。"我记得天安门第一张贴打倒周恩来的大字报，报到我们那里，大家都很紧张，总理一回来，赶紧把抄下的大字报送进去。我记得在客厅，大姐说，你们别紧张。"邓颖超只是一再提醒身边的工作人员说话要特别谨慎，不给总理惹事。"江青来，总理都不让我们出来，生怕她一下看谁不顺眼。"

1967年1月12日，邓颖超悄悄告诉赵炜，贺龙一家住了进来，就在前客厅，希望大家不要打扰他们夫妇。"文革"一起，贺龙夫妇就成了造反派的攻击对象，不堪忍受的贺龙在一天之前偕夫人贺明、儿子贺鹏飞偷偷搬进了周恩来这里。因为事关重大，邓颖超此前都对此事一无所知。

20年后，赵炜在整理周恩来遗物时，发现了周恩来亲笔改的悼词，在这份文件上，我看到最初定的是在贺龙追悼会上行三鞠躬，但在追悼会时，周总理却向贺龙鞠了七个躬。

1971年9月12日，谁也没有感觉出来第二天将要发生一场震惊世界的"叛逃事件"。这天晚上，周恩来没有回家，工作人员奇怪，邓颖超也奇怪，"连续20多个小时不回来也没有一点信息的情况还比较少见"。下午，值班人员突然接到广州军区司令员丁盛的一个电话，语气郑重地说："请转告总理，我们忠于毛主席，听毛主席的，听周总理的，周总理怎么说我们就怎么办，我们已经按周总理的指示去办了！"值班人员听得一头雾水。

9月14日下午，主管警卫的杨德中受周恩来之托，来到西花厅找邓颖超交代一些事情。"杨德中走后，邓大姐马上交代我，让警卫把大门关上，只有总理回来才可以开，其他任何人都走小门。"

15日下午，大家接到电话说总理一会儿就回来。16点多，当周恩来在门口出现时，一直在等他的邓颖超一见面就心痛地说："老伴呀，我看你的两条腿都抬不起来了。"已经50多个小时没有休息的周恩来掩饰不住的疲惫，老两口进了总理办公室谈了一会儿话，"我听到大姐劝总理好好睡一觉，而总理居然不比往常，痛痛快快地答应了。这在我的印象中是不多见的。"赵炜回忆。

诀别

1975年10月的一天，邓颖超找到几位秘书："组织决定通知你们四位秘书，应该让你们知道总理得的是什么病，医生估计，这个病在别人身上可能会活得长一些，但在他身上，可能熬不过 1976 年的春节。"这是赵炜第一次确切地知道了总理得了癌症。"当时一听到这个消息，脑子一下蒙了，耳朵好像都失灵了。大家都哭了，但又不敢当着邓大姐的面哭得太厉害，出来后我们四个人都掉了泪。"其实那时候周恩来已经被病痛折磨好久了——1972 年 5 月，周恩来在做常规体检时被确诊患有膀胱癌，连着做了多次手术。

1975 年 11 月，刚刚经历了一场大手术的周恩来点名让赵炜陪邓颖超到医院。跟邓颖超进了病房，周恩来从被子里伸出手："赵炜，咱俩握握手吧！"赵炜赶紧说自己手凉，不用握了，但周恩来却很坚持地说，"要握。"赵炜伸过手去，周恩来轻轻地说了一句："你要照顾好大姐。"此后每天，赵炜都要陪邓颖超到医院看望周恩来，也给他念文件。

"11 月 15 日下午，他让我拿来笔纸，写下了'我是忠于毛主席、忠于党、忠于人民的，虽然我犯过这样那样的错误，但我决不会当投降派'的字条，由邓大姐代他签上了名字和日期。"不难想象，一向处事周全的周恩来其实已经在有意识安排着自己的最后时光。

有一天，周总理突然对邓颖超说："我肚子里有很多很多话没给你讲。"邓颖超看看他也说："我也有很多的话没给你讲。"两人只是心有灵犀地深情对视着，最后还是邓大姐说："只好都带走嘛！"周恩来沉默无言。

"（1976 年）1 月 8 日早上一上班，我打电话告诉他们（医院值班人员），说 8 点半邓大姐吃早饭，上午先不去了，下午再去，然后问情况如何，对方告之还可以。但半个小时后，值班打电话来，语气一连串的急促：'赵炜，快来快来！不好了，不好了！'"

赵炜一下子明白，最后的时刻已经到了。这时邓颖超正在刷牙，问赵炜怎么了。赵炜努力平静地说：小高（高振普）打电话，要马上到医院去。邓颖超似乎并没有意识到这一次的危急，因为之前也有过数次被紧急叫去的经历。但赵炜想，该给邓大姐一点预示，在车上她告诉邓颖超："刚才打电话来，说情况不好。"邓颖超一下子就明白了，下汽车快步向病房走去。没来得及跟丈夫作最后告别的邓颖超一下子倒在周恩来身上，边哭边喊："恩来！恩来！"

赵炜说，值班的同事告诉她，在去世前一天，周恩来在邓颖超走后一直显得心神不定，眼睛来回看，好像在找什么，问他有什么事，他也不说，只是摇摇头；让他休息，他也不闭眼。现在想起来，总理那天四处看来看去，一定是在找大姐。

周恩来生前表示过死后不保留骨灰，邓颖超完成了总理的遗愿后，把这个骨灰盒保存了下来，她告诉赵炜，待她死后，也要用这个骨灰盒。以后每年立秋，赵炜都拿出来晾晒一下。

1992年，遵照邓颖超之愿，赵炜用这个骨灰盒捧回了邓大姐的骨灰，并把骨灰撒进了海河。赵炜把周恩来与邓颖超在1970年的最后一张合影缩小，放在骨灰盒上，保存在天津的周恩来邓颖超纪念馆里。

（《作家文摘》总第909期）

大舅陈岱孙

·唐斯复·

我的大舅陈岱孙（1900—1997）是我国著名经济学家、教育家，经济学界一代宗师。这位与20世纪同龄的老人，在漫长的一生中只做了一件事：教书。

威严的人

在我少年时的印象中，我大舅是位威严的人。他个子好高，身板笔挺，穿着也笔挺。年节时看望长辈，坐下喝杯茶，话不多，又笔挺着走了。

寒假时，我到北大镜春园小住。镜春园甲79号平日安静的时候多，陈先生即使不外出上课，8时整也会坐到书桌前，一盏旧式绿玻璃罩的台灯便亮了，他潜心看书写字。他28岁担任系主任，一直做到84岁。有时系里教员之间意见不一致，一起到镜春园开会。只听客厅里先是一阵双方语气激烈的争论，静下来后，是陈先生说话的声音，话不多，然后就没有声音了，不一会儿，传来开门和纷沓离去的脚步声。常听人们说，陈先生一语千钧，一锤定音。

实际上，陈先生一点也不可怕，从少年时我便喜欢和他在一起，喜欢镜春园家里的宁静和秩序。每一物件都有固定的放置地方，那煮茶的壶，套在壶上保温的绣花罩子和粗瓷杯碟，至今仿佛垂手可取。去上课之前，他把茶喝够，讲课几个小时无须再饮水，他说自己是"骆驼"，这习惯一直延续到他90岁。正餐四菜一汤，这大概是他在清华学校包饭时留下的规矩。那时吃些什么已记不得了，但是，忘不了吃饭时的情景。饭菜摆上桌了，厨师朝年去里屋请四婆婆。穿戴梳妆整齐的四婆婆慢慢走出来（她腿不好），陈先生在门边迎候母亲，抬起左臂，四婆婆扶着儿子走到桌边，他接着为母亲把椅子放合适，扶她坐下……

"少年革命党"

陈先生求学的故事，是最令人难忘的。陈氏家族是福建闽侯的望族，书香门第，传统的老式大家庭。末代皇帝溥仪的老师陈宝琛太傅是陈先生的伯公。陈先生留过小辫子，6岁到15岁在私塾读书，国学基础厚实，酷爱读历史。他的外祖母家景况完全不同，十分洋派，他的外祖父罗丰禄是清廷第一代外交官，舅父也曾是驻国外的公使，全家说英语。外祖父为陈先生请了英文教师，自幼他的英文就很好。辛亥革命他11岁，自己把"猪尾巴"剪了，他说"我是少年革命党"。1918年，他考入清华学校留美预备班，插班三年级。1920年，赴美国留学。他在美国六年，读到博士，因成绩突出，荣获美国大学生的最高奖——金钥匙。15岁到26岁的11年间，他如同在跑道上狂奔，不断超越跑在前面的同学。"竞争十分激烈，我是连滚带爬地读完了书。"美国哈佛大学研究院是世界高等学人聚集求学的学府，他22岁考入。"那时，我是个小伙子，班上有50多岁出过著作的学者，他们不把我当回事，我要和他们比试比试。"整整四年，大舅从不外出游玩，在图书馆中专用的小房间里发奋读书。他攻读的是经济学和哲学，涉及的知识非常广，通读马克思的《资本论》就在那个时期。博士学位答辩在研究院是众人关注的大事，考官是四位大胡子长者，他们分别是经济学、哲学、文学、天文地理学等学界的权威，陈先生在班上最年幼，一次通过。

心中的痛苦与无奈

抗日战争前，在清华大学教书，教授们过着很好的生活，月薪平均四百银元。但是，抗日战争打响，他们义无反顾地抛弃一切，奔赴长沙、昆明，建立长沙临时大学、西南联合大学。陈先生在清华的家是很讲究的，南下时，连家都没回，是从会议室上的路。到了长沙，身上只有一件白夏布长衫。据说，首先扫荡教授住宅区的是校园外的村民，陈先生的家空了，连同他在欧洲搜集的关于预算问题的资料和已写了两三年的手稿，全部化为乌有。在长沙、昆明共八年半，住过戏院的包厢，也曾和朱自清同宿一室，生活拮据到连一支一支买的香烟也抽不起了。他们在炮火下，坚持上课；在国民党反动派的特务暗杀威胁中，坚持上课；在极端贫困中，坚持上课。这一代学贯中西的学者，是踏着《义勇军进行曲》的旋律和节奏赶路的，是"把我们的血肉筑成我们新的长城"的实践者。1945年抗战胜利，陈先生作为清华大学保管委员会主席，身携巨款，最先回到北平，接收和恢复清华大学。他在东单日本人撤退前大甩卖的集市上，买了几件家具，再就是每个人都有一张的行军床、一条从日军缴获来的粗毛毯，凑成一个新家。

陈先生对学生们爱得很深，对学生们成才的期望很殷切。1976年，北京大学的工农兵学员受到歧视，被认为基础差、难成才，陈先生说："这样对待他们不公平，他们是'文革'的受害者，我来给他们上课。"他在有限的时间内，增加课时，增加知识量，那个时期，他累得很瘦很瘦。

陈先生心中藏有的痛苦和无奈，是学生的早逝和被扼杀前程。有一天，家里来了一位面带岁月风霜的男士，陈先生外出开会了，来者要了一张纸留言。他这样写道："1957年我当了右派，发配到外地，曾来向老师告别，终于没敢推开虚掩的门，在门外向老师鞠躬。"由此，凡是对被平反归来的学生，陈先生都备薄酒接风。

"挣扎着不服老"

1995年10月，北京大学盛会庆祝陈先生95华诞，他说："我只有6岁呢。"他的晚年有个信条："挣扎着不服老"，"和年轻人在一起会感到年轻"。90岁生日，他是在给二百多人上课的讲坛上度过的。他95岁时还为来自台湾的女学生主持了博士论文答辩。平日，他密切关注国家经济发展的状况，不断提出具有前瞻性、对制定经济政策有重要参考价值的建议。

然而，1997年7月的一天，陈先生的身体急剧走向衰弱，已回天乏术。在生命的最后时刻，他想起了那把小小的金钥匙在"文革"中被抄走了，似问非问："现在不知道在什么人的手里？"

在生命的最后时刻，他恍惚中对护士说："这里是清华大学。"

这些是他心中的情结。

1997年7月27日清晨6时30分，他从昏迷中醒来，要看钟，我们拿给他，看后他点点头。生命最后一天他保持了仍是6时30分起床的习惯。

陈先生去世后，到家里来吊唁的人很多，北京图书馆馆长任继愈已八十有余，他流着泪说："我最后的一位老师走了！"

（《作家文摘》总第 1914 期）

父亲载涛的京剧情缘

·溥　仕·

师从杨小楼学猴戏

父亲载涛酷爱京剧，缘自家传，其祖父道光即非常喜爱京剧。父亲作为辛酉政变功臣之一醇贤亲王的阿哥，自然被慈禧太后另眼看待。他经常和一些王公子弟被召进宫"赏看戏"。在畅音阁和德和园的舞台上，京剧前辈陈德霖、侯俊山、谭鑫培、王瑶卿等人的精彩表演深深地吸引了父亲。特别是看到大武生杨小楼出演的《阳平关》，完全被他的扮相、身段和武功所迷住了。慈禧太后发现了这一点，见到我父亲身体健壮灵活，于是下旨命令以演武生见长的"内廷供奉"张淇林收我父亲为徒。张淇林和好友杨月楼谈及此事，不久，一代武生宗师、杨月楼之子杨小楼走进涛贝勒府授艺。师傅教得认真，徒弟学得努力，父亲完完全全继承了杨派武戏的真髓。最有代表性的是演出《安天会》时，观众竟然分辨不出美猴王扮演者是杨老板还是涛贝勒。

后来，父亲还师从著名架子花脸钱金福，打下了靠背武生戏的基础。又向名噪一时的余玉琴学习了《贵妃醉酒》，后经梅兰芳先生指点，更是锦上添花。许多名角儿不但是他的恩师，还是他的挚友，如谭鑫培、王凤卿、金秀山、王瑶卿等，以及后来的高庆奎、马连良、尚小云、张君秋等。

有一年，以演净脸戏见长的李永利携子进京演出，听说有个小孩儿演《闹天宫》有模有样，父亲于是怀着好奇与猜疑前往戏园观看。剧终散场后，父亲直奔后台找到李永利说："李老板，您这小子演得不错，有出息，我给他说说猴戏吧。"

李永利知道我父亲对猴戏研究有独到之处，连忙叫11岁的李万春给我父亲跪下叩头拜师。从此，为了一出猴戏，父亲给李万春"说"了三年。李万春从我父亲手里继承了杨派猴戏特点，并有所发挥和创新，得到行家认可，观众送给他一美名——活猴王。

与挚友尚小云、张君秋

我的姐姐金允诚按照满蒙通婚的古老传统，远嫁内蒙古阿拉善旗，成为王爷的福晋。1947年间，姐姐回北平探亲，十几年没见面的父女、母女悲喜交加。父亲的好友尚小云知道后，特别邀请姐姐观看尚剧团演出，好像是在大栅栏庆乐戏园，我们全家都去观看。先演《昭君出塞》，掌声雷动；次演《请清兵》。散戏后，父亲立即找到尚先生开诚布公地指出："今天的戏码您是特意为我们安排的，我谢您了。可是吴三桂先降大顺，后叛李自成，继而引八旗兵入关，最后在云南作乱分裂国家。这个人物我劝您算了吧！"尚先生何许人也？心有灵犀一点通。后来在尚剧团的剧目中，该剧消失了。

20世纪50年代中期，父亲的忘年好友张君秋率剧团排演同样是反映清宫历史内容的新戏《珍妃》。二人在电话中进行了长时间的交谈。几天以后，慈禧太后喜爱的御前女官裕容龄（我父亲尊称她"老姐姐"）造访我家，与我父亲一起接待了张君秋。父亲仔细向张先生介绍了自己的兄长光绪皇帝如何胸怀维新壮志，却遭西太后的无情扼杀，如何因保护不了自己心爱的女人而无比苦闷悲痛。特别详细介绍了随同五哥载沣、六哥载洵同谒光绪帝时，见他望着三个年幼的弟弟而伏案垂泪的情形。容龄姑姑当年与其姐德龄随侍西太后左右很长一段时间，了解很多外人不知的内情，便向张先生讲述宫中旧事、帝后们的日常起居以及宫廷礼仪等。谈兴正浓时，父亲还把两把满族头饰及花盆底鞋送给张先生，说是置办戏装时作个参考。后来张先生出演《珍妃》，获得了成功。

晚年时还想演一回孙悟空

1956年，经民革中央主席李济深介绍，父亲加入了中国国民党革命委员会（简称民革），旋即当选为中央委员。

春节将至，民革京剧队准备排练一些大戏来慰问北京市军烈属，初步定的压轴戏是父亲的保留曲目旧本《安天会》。多年不演猴戏的父亲听说后激动不已。为了找回几十年前演出的感觉，父亲叫来几个当年曾陪他演出过的旧人，有恭亲王奕訢的外孙曾谦安、庆亲王奕劻之孙溥钟，还有一位我们称之为魁公爷的。他们经常在家里一起回忆，一起提醒，一起排练。

正在紧张排练时，民革中央领导发下话来，意思是载老年岁大了，扮演武打戏中的孙悟空不合适，会影响身体健康。时间紧迫，京剧队立即开会决定改排《龙凤呈祥》。楚伯伯（民革京剧队队长）知道我父亲早年练过架子花靠背武生戏，便请他饰演戏中活不多不太累的张飞。父亲得知后只说了一句话："让我演什么都行，就是得让我上台。"

（《作家文摘》总第 1920 期）

听98岁杨小佛谈父亲杨杏佛及母亲

· 张建安采访整理 ·

父亲被刺杀时扑到了我的身上，保护了我

1933年6月18日，父亲被军统特务刺杀，当时我15岁。6月17日下午，父亲对我说，明天要带我出去骑马。我很高兴。当时我父亲和母亲刚刚离婚不久，我和母亲住在一起。6月18日一大早，我就从霞飞坊家中走到父亲那里，见到他时，他已经穿好马裤和夹克衫在等待了。大概是七点钟左右，我们乘上一辆敞篷车出发。父亲可以用的有两辆车，这辆敞篷车一般是接客人用的，他自己很少用。那一天很奇怪。我父亲要坐车出去，但他常用的那辆车被蔡元培的车挡住了路。蔡元培的车在那儿，但司机不在。我父亲就说，那就坐敞篷车吧。这肯定是军统特务做了手脚。敞篷车没有车窗，他们刺杀时就方便了。

出事时，敞篷车的司机也中了枪，跑着找另一位司机去医院

了。我父亲扑在我的身上，把我压住保护我。他中了两枪，一枪在腰上，一枪在心脏，都是要害处。

当时的枪声很厉害，就在耳边响，我以为是车胎炸裂，刚要探头外望，又连连听到更响的爆炸声，我受不了。我小时候治病做过全身麻痹，有后遗症，一听到巨响，耳朵就受不了。所以当时也是突然感到一阵眼黑，到第三枪的时候我就晕过去了。

后来是一位白俄人开车送我们到公立医院的。当时这个白俄人在楼上看到了，但特务们开枪的时候，他也不敢下来。等特务走了，他下来，车钥匙还插在车上，他就送我们去了医院。到了医院，医生们在做礼拜，延误到九点钟才给我父亲看，耽误了治疗。其实，就是不耽误，也不行，因为我父亲是在要害处中的枪。

父亲被蒋介石刺杀的原因

1933年父亲北上，名义上是视察院务，因为中央研究院有历史语言、地质、心理等研究所在北平，但实际上是去发展"同盟"的北平分会和营救关押在北平的一些政治犯。

从资料上看，事发前，蒋介石不只是威胁过父亲，还派蓝衣社的特务寄恐吓信给宋庆龄、蔡元培，但到最后刺杀的是我父亲。

父亲不只是中央研究院的总干事，更是中国民权保障同盟的总干事。把别人杀了，"民权同盟"的工作还可以开展。杀了我父亲，"民权同盟"就无法展开工作了。

1933年四五月间，父亲曾得到南京友人的劝告，暗示其有被捕的可能，叫他不要去南京，以免发生意外。但他照旧每隔一两星期到南京中央研究院总办事处去工作。国民党政府表示要给父亲一个名义出国考察，使他脱离国内的活动，但他没有同意。这样子，蒋介石就动了杀心。

父母是一对欢喜冤家

我的父母当时已经离婚了，但一直来往。父亲遇害后，我母亲很痛苦。他俩是在美国留学时走到了一起。他们这一批留学生到了美国后，会很自然地将美国的先进科学与中国的情况做对比，产生科学救国的理想是很自然的。《科学》月刊是中国第一份综合性科学杂志，我父亲担任编辑部部长。父亲是一个讲求效率的人。他与胡适、胡明复、赵元任、任鸿隽等留美学生发起组织中国科学社时，一方面参与科学社的社务和《科学》杂志的编辑工作，一方面从事翻译著作的工作。《科学》杂志最初十几卷中每期都有他的文章。他对新鲜事物的接受能力非常强。1921年《科学美国人》杂志刚刚发表《爱因斯坦相对说》一个多月，我父亲就将此文翻译成中文，这是中文介绍相对论最早的文章了。他也喜欢写科学家的传记，写过《牛顿传》《詹天佑传》。后来，他也经常给我讲科学家的故事。

那时候去美国留学的女学生很少，母亲能去与她的家庭有关。我外祖父赵凤昌是个痛恨慈禧的新派人物，我母亲可能也受了他不小的影响。1911年武昌起义的消息传到上海时，我母亲在中西女塾念书，她马上与几个同学秘密参加张竹君医师领导的救护队，决定乘船赴武汉战地。外祖父赵凤昌知道此事，不仅不阻拦，还赶到船上，带来衣物送行。只是，当她们到达时，战事已停，只好返回上海。可是回来以后，她却因擅离学校而被开除。在这种情况下，外祖父同意母亲赴美留学。

母亲赴美后在孟河女子大学就读。母亲在那里读了五六年书，结识了父亲杨杏佛并相爱。他们的学校各处一方，两人经常互写书信，还以诗词抒情，假期中与中外同学组织野餐和旅游，整个留学生生活相当罗曼蒂克。我母亲家境富裕，我父亲他们办杂志时缺钱时，我母亲还资助他们。

父亲和母亲是在美国登记结婚的，不过当时也没有办什么仪式。1918年他们回国后，马上补办正式婚礼。他们是一对欢喜冤家，一会儿吵架，一会儿恩爱，前者多于后者。

我父亲回国后，先在汉阳铁厂工作，担任会计处成本科长。他实在看不惯工厂不把工人当人的管理方式，所以不到一年就辞职，前往南京高等师范任教，我们全家也就搬到了南京石板桥2号。条件好一些了，父亲就把杭州的祖母和六姑母接来一起生活。

母亲个性强，脾气不好，也不善持家，更不会侍奉婆婆。婆媳间矛盾不断加深，后来祖母住到尼姑庵里面，父母为此经常吵架。他们的同学、友人都劝母亲出去工作，但母亲搞不好人际关系，始终拒绝出外就业。

人家说父严母慈，我们家不是。有时候父亲在外面公开请客，母亲也会在大庭广众之下指责父亲，往往让父亲下不了台。后来父亲忍无可忍，宣称"不自由，毋宁死"。他还专门找了一个律师，要和我母亲离婚。

第一次谈话，她坚决不同意离婚。她说，脾气不好、夫妻吵架，几乎家家都有，这不是离婚的理由。后来那个律师采用了激将法。他对我母亲讲："我晓得了，离婚在中国对女同志、妇女是不利的，会说你生活有问题。"结果我母亲被他一激，十分气愤，就说："有什么不利的？我不怕这个，这有什么？我从来不做男人的寄生虫，离就离吧，看看我如何自立！"本来这个协议离婚她不肯签字，结果就这样签了字。那个律师叫吴经熊，是上海很有名的律师，后来到台湾去了。

离婚以后，父母还经常来往，父亲经常来探望我们。这个时候，父母之间既没有经济纠葛，也没有感情冲突，反而能和谐相处了。他们的谈话内容也转到了社会活动和工作上。我呢，平常和母亲住在一起，星期天和寒暑假就到父亲居住的地方玩耍，父亲外出访友、讲学的时候，也常常带着我。

父亲出事后，母亲送了一副挽联，就是这些文字："当群狙而立，击扑竟以丧君，一暝有余愁，乱沮何时，国亡无日；顾二雏在前，鞠养犹须责我，千回思往事，生离饮恨，死别吞声。"

（《作家文摘》总第 1921 期）

父亲黄维改造的日子里

·黄慧南口述　周海滨整理·

1948年夏天，父亲黄维带着母亲蔡若曙、两个儿子及大女儿正在庐山避暑，突然接到命令立即下山赶回武汉，于是告别了已怀我9个月的妈妈和三个儿女。

父亲不会想到，他再次回家的路要走27年。

"徐蚌会战"的阵亡消息

父亲离开近半年后，妈妈等到的却是他在"徐蚌会战"中阵亡的消息，国民政府还举行了盛大的"追悼会"。1948年底，妈妈带着襁褓之中的我和三个并未成年的儿女去了台湾。几个月后，她偷偷回了一次大陆。凭直觉，她不相信丈夫已死。最终得知父亲没有死，而是被俘了（1948年12月的淮海战役中，时父亲为国军第十二兵团司令）。

从被俘的第一天开始，父亲就表现出不合作、不配合。初到北京功德林战犯管理所时，他抱定"不成功便成仁"的决心，"君子不事二主"，与管教人员坚决对立。管教人员曾撰写回忆文章说：黄维认为自己之所以成为阶下囚，就是因为打了败仗。他留起了胡子，自称"在国民党时期留的胡子不能在共产党的监狱里剃掉"。

全家辗转迁沪

在这期间，母亲带着我们四个孩子离开台湾，在香港住了一年后，回到上海定居，以等待父亲归来。妈妈的字写得很漂亮，她经常去街道、居委会帮忙出黑板报，做些抄写登记工作。几个月之后，她通过自己的努力考上了一份上海图书馆的工作。

在上海，虽然身为战犯家属，妈妈的工作还算如意。大姐黄敏南报考复旦大学，校方报到周总理那里，也顺利获批入了学。虽然是租房子居住，但街道对这家突然来的外乡人没有敌意。我在上海度过了自己的青春年华，与姐姐上大学的曲折一样，在高中入学时，我报考的复旦附中不敢收我，但是握着档案又不舍得放，幸亏班主任和毕业于金陵女子大学的北郊中学校长朱瑞珠相助，才入了重点中学北郊中学。

8年后的1956年，妈妈获准与大姐一起去监狱看望爸爸，妈妈带去了父亲从未见过的我的照片。妈妈和大姐反复劝父亲好好改造，父亲却始终不接受，只是把那张照片放在了上衣左兜里。

不久，父亲要释放回家的事终于有眉目了。北京的有关部门通知我姐姐和姨妈，上海这边有关部门通知我妈妈，都说准备迎接父亲回家，要我们家人注意收听广播，但真的等到广播时，没有听到。1959年12月4日，最高人民法院宣布了第一批特赦名单，但名单里没有父亲的名字。

巨大的希望突然幻灭，妈妈万念俱灰。一天下班后，她带着大量的安眠药来到图书馆书库。幸亏前来查阅资料的同事发现了她，紧急送往医院后，才挽回了生命。

妈妈是个善良、热情、要强上进的人，但是精神一直很紧张，长期处于压抑中，那时候也不知道以后还会有第二批、第三批特赦，她的希望彻底被毁灭了，得了精神病，出现幻听、失眠等症状，无法继续工作。

若干年后，我们姐妹了解到，父亲本应在第一批被释放的内定名单里，但由于父亲顽固，认罪态度很不好，战犯管理所不同意释放他。

对于家中变故，转移至抚顺改造、一门心思研究"永动机"的父亲毫不知情。他后来终于制作出了一台"永动机"，但是只转动几圈便停了下来。

高中毕业后，作为老三届，我也来到了东北接受贫下中农再教育。我曾想趁就近的机会去看看父亲，比如我回家的时候可以去抚顺停留下，一直有这个想法，但是没能攒够路费。

母亲意外去世

1975 年 3 月，第七批也是最后一批 293 名战犯获特赦。这一年，父亲 71 岁。

根据中央批示，父亲留京任全国政协文史专员，享受政协委员待遇，并对他格外照顾，每月工资 200 元。不久，我们全家也搬到北京。

爸爸刚出来那一段时间，真的是特别得意，他很自豪妈妈这么巴巴地等了他27年。而妈妈这二三十年都是靠药物维持，大量吃药使她整日昏昏沉沉的，幻听、幻觉、幻视都会有。

1976年春，父亲发现午睡的妈妈不知去向。那天，妈妈偷偷离开了家，向离家不远的护城河走去……父亲不会游泳，直接就冲了下去，自己也被淹了。大家把他救了上来，结果就重病了一场。在和丈夫仅仅重聚一年后，妈妈选择了以这种极具悲情的方式告别人世，让人为之心酸落泪。

母亲去世后，父亲大病了一场，没能参加遗体告别。

（《作家文摘》总第 1928 期）

周立波家事

·周仰之·

益阳周家

湖南益阳清溪村，有一户周姓人家，那时的日子很过得去，有100多亩水田，几座种了梧桐树和茶树的山丘。周老爷有五个儿子和数字持续增长的女儿。精明的周家老爷让长子学文化，考科举，其余四子就作劳动力了。但周老爷50岁刚出头就去世了。

话说周家大儿子周仙悌的县城公务员生涯，为他带来了一位刘姓填房太太。刘姓太太是秀才之女，颧骨高高，精明能干，爱面子，为周相公生下了一子二女。这一子就是后来大有文名、被人戏称为文曲星下凡的我的祖父周立波。

刘姓太太生下她唯一的儿子、周相公的第三子时，据说梦见了一只凤凰落在梧桐树上，所以孩子起名凤悟，又名绍仪。

刘姓太太即我的太祖母刘昭珍，可以说是一位没有拿执照、不收费的铁口直断预言家。比方她老人家在我祖父声名如日中天、在经济上如散财童子般照顾众亲友时，一直告诉亲友们我祖父将会落难而至没有水喝，她反复请求大家一定要送水给他喝。大家只当她老了说昏话，谁知几年后我那有名的祖父果然被抓到汽车上游街，有一天游到刘姓太太原住所附近还真的是渴不可当，而住在附近的众亲友那天谁也没有在场，真的没有人为他送水。

刘姓太太好好享了几年小儿子的福以后，在1962年85岁上过世，送葬的官员、艺术家、亲友黑压压地一眼望不到头，据说有一里路长。那时离她儿子开始倒大霉的1966年不过4年之遥，真是一个有福气的老太太。

青梅竹马

周相公为刘姓太太唯一的儿子定下的媳妇，是先妻姚姓太太弟弟的大女儿。姚家的大女儿姚芷青德容工貌样样出众，大得公婆欢心。

姚家湾离清溪村不远，两个村子的孩子想必常常一起玩。周绍仪成了在学校年年考第一的高才生，并被送到省立第一中学去升学。姚家老四像个男孩似的，最为顽皮。每次看见准姐夫从省城回来，就大喊大叫地来报信。姚芷青害羞地躲进房子里，又忍不住偷看穿着学生制服的高大的未来夫婿。四妹并不因此罢休，她还会跑到准姐夫面前骚扰，吵着要些零花钱。

姚芷青长得高挑、苗条、丰胸、细腰，背挺得笔直，身材照今天的眼光看好得没话说。她样貌端庄，周正，勤快不多言，做得一手好菜，针线活更是百里挑一。

有新思想的周相公对这个未来儿媳妇越看越爱，在把儿子送到省城读书的同时，又把这个未来儿媳妇和两个女儿一同送到县城的县立女子职业学校，到家政专业缝纫科学习。

1924年，16岁的绍仪去了省城读省立第一中学。学费是当时周氏祠堂的学谷（按成绩好坏增减）加上考第一、二名得的奖学金，周相公也还要补些钱。绍仪的压力不小，如果考得不好，奖学金就会成问题，学谷也会减少，书就不一定读得下去了。

绍仪的天分不错，省立第一中学的第一、二名不是那么好拿的，他却能年年拿到。

绍仪照这条路走下去，应该是读大学、留洋的路子。

1926年，19岁的周绍仪认识了他一生最重要的朋友和兄弟周起应，也就是后来领导中国文艺界几十年的周扬。

两位同龄的朋友相见甚欢。起应是大学生，又是从上海大地方来的，见识当然稍胜一筹，对绍仪古今中外大讲了一通，让绍仪大开眼界。另一方面，起应也惊讶于还是初中生的绍仪已经读完了《资治通鉴》，知识并不比他少。二人相见恨晚，惺惺相惜，开始了他们长达一生的友谊。

结婚

1927年国民党开始清党，一时腥风血雨，周相公在益阳颇为不安。他知道自己的儿子不是死读书的，思想活跃，保不定参加什么活动让人抓住把柄。周相公对儿子的期望也就是当个乡村小学教员，和他精心挑选的贤惠儿媳妇生儿育女，传宗接代。于是他召回了小儿子，安排他到自己朋友张尚斌当校长的一间小学当数学教员，并开始着手准备儿子的婚事。

1928年，都是20岁的绍仪和芷青结了婚。姚芷青坐着花轿、穿着红裙子嫁进了周家大门之后，一切都称心如意。十全十美的她在娘家受宠之外，在婆家也极受宠爱。

刘姓太太当家，当然有点偏心自己亲生的儿子、儿媳妇，何况这儿媳妇又知书达理、勤快能干，比大儿媳、二儿媳要强得多，老两口喜欢儿媳更胜儿子。

幸福新婚、田园生活都是绍仪所喜爱的、欣赏的。他后来多次写文章赞美、怀念家乡。但年轻高大有活力的他似乎并不能完全满足于这种生活，书让他了解也向往外面的世界，书也让他了解历史而对未来有所知觉。

追随起应而去

起应从上海回来了，朋友们常常聚在一起。起应有很强的影响和感染别人的能力。这一点从他后来所发表的那些有名的演讲中不难看出。年轻的他非常理想主义，一直到老年他都是一位可敬的理想主义者，在上海接受了新的思想和生活，也用他的热情感染同乡的朋友们。

绍仪动心了，想跟起应去上海发展。周相公夫妇不同意，认为他新婚不久，正应在家好好过日子。

双方意见不合之下，周相公夫妇决定不予经济支持。没有路费，想必小儿子也无可奈何吧。

绍仪跟岳父的关系很亲厚，不但常见面，也能说得上知心话。在父母处碰了钉子的绍仪去见岳父，向他说明情况，也表明了自己认为去上海是个不错的发展机会和很想去的心愿。姚外公非常喜欢这个女婿，当然不忍心看他不能达成心愿，就请女婿第二天来帮忙把自家的猪赶到大码头集市卖掉，卖猪的钱就给他做路费。

绍仪帮着岳父卖完猪，带上所有的钱就去赶船。船已经开走了，绍仪沿着江边奔跑，追赶那只小船，追了好一阵子才追上了起应一家三口，还有起应的刘姓表弟。他们小船换大船转往上海，开始了一番新生活。

大码头那只被周绍仪赶上的命运之船，把他们夫妇二人渐渐地带往了不同的方向。

（《作家文摘》总第 1934 期）

我的外公毛泽民

·曹 宏·

外公毛泽民（作者系毛泽民与原配夫人王淑兰女儿毛远志之子）是毛泽东的大弟弟，1896年出生，比毛泽东小3岁。他的下面还有个比毛泽东小12岁的弟弟毛泽覃。三兄弟青少年时期的经历是不同的。

毛泽东17岁外出求学，毛泽覃13岁被大哥接到长沙读书，而毛泽民14岁便辍学在家，帮助父亲种田。他终日辛勤劳作，照料父母，还要为哥哥和弟弟积攒学费。直到1920年父母先后病故后，1921年春在哥哥的动员下才走出韶山冲，参加了革命。这一年他已经25岁了。

所以，就毛家来说，毛泽民是毛氏三兄弟中读书最少、离家最晚、吃苦最多、对家庭奉献最大的。

毛泽民于1921年10月加入中国共产党，是中共"一大"后湖南支部发展的第一批党员。参加革命后，他一直从事党的经济工作，是我党金融、经济工作的主要开拓者。

"我愿是这黑暗社会里的一颗流星"

毛泽民是 1937 年底离开延安、准备去苏联学习和治病的。1938 年 2 月途经新疆迪化时，新疆军阀盛世才得知他是毛泽东的弟弟，并且是中共理财专家，就希望他能留下来帮助工作。毛泽民起初是不愿意的，但不久中央就来了电报，让他暂留新疆工作。于是毛泽民化名周彬留在新疆，被盛世才任命为财政厅长。

当时，苏联、中共和盛世才建立有同盟关系。中共实际上是奉共产国际也就是苏联之命，派遣 100 多名干部到新疆帮助盛世才工作的，他们并不受延安领导，而是由苏联驻迪化总领事馆领导。他们一到，总领事馆就给他们规定了苛刻的纪律，从而严重地束缚了中共在新人员的手脚，也为日后的悲剧埋下了伏笔。

中共中央先后向新疆派驻了三位代表，依次是陈云、邓发、陈潭秋。毛泽民刚到时是邓发担任中共代表（他与朱旦华的婚姻也是邓发牵的线），之后由陈潭秋接替。

盛世才一开始还是很看重这批中共干部的。但他毕竟是个反动军阀，随着国际形势的变化，他对苏联和中共的态度也发生了变化。特别是 1941 年 6 月希特勒进攻苏联，国内蒋介石也掀起了反共高潮，盛世才认为苏联和中共都靠不住了，便开始寻找新的靠山。他一方面派人到重庆与蒋介石秘密联系，一方面把中共在新干部都调离重要岗位，并派人严密监视。毛泽民也被调离财政厅，改任民政厅长。

此时，毛泽民敏锐地意识到，盛世才随时都有翻脸的可能，多次打电报给中央，建议及时将一批干部撤到苏联，避免让盛世才一网打尽。但中央迟迟没有回电。等中央也意识到危险并与苏联联系时，苏方却迟迟不予答复，从而错过了脱离险境的最后时机。

1942年9月，宋美龄代表蒋介石到迪化与盛世才密谈，并向盛下达了"肃清中共在新人员"的指示。

两天后，盛世才便以保护为名，将分布在新疆各地的中共人员全部集中到八户梁招待所软禁起来。

毛泽民当即打电话质问盛世才，电话线却被对方掐断。盛世才这时已铁了心投蒋，并准备将中共在新主要领导人作为投靠的"见面礼"。

这时，毛泽民早已做好了最坏的准备。朱旦华回忆说："我们开始在八户梁被软禁时，陈潭秋、毛泽民、徐梦秋、潘同、刘西屏五人开会时吵得很厉害，吵什么听不清楚。但泽民回来对我说：如果早听我的话，不至于如此，现在要准备坐牢和杀头了。毛泽民参加革命后曾两次被捕，都凭借着机智脱逃，但这次他知道不可能了，因为新疆太特殊了……"

软禁期间，大家还可以在院子里散步。一天深夜，毛泽民与方志纯（方志敏的堂弟）在院里相遇，二人曾在闽赣苏区一起工作过。1939年下半年，毛泽民到莫斯科汇报工作时，又与方志纯同住一屋，彼此非常了解。方志纯是回国途经新疆被盛世才扣押的。方志纯回忆说："在我的印象中，泽民是很活跃、很健谈的。但这次见到他，却发现他话很少，显得非常沉闷。"两人默默地在院子里走着。突然，天际中飞过一颗流星，在黑暗的夜幕中划出了一道耀眼的光芒。方志纯为了打破尴尬，便开玩笑说："俗话说，天上一颗星，地下一个丁，又一个人走了。"

毛泽民也笑笑说："星星陨落是自然现象，你这个共产党员怎么还讲迷信呢？"但沉思片刻，他又感慨地说道："如果一颗星真的就是一个人的话，我愿是这黑暗社会里的一颗流星。虽然很快陨落，可总能为党为人民贡献一点光亮。"

最后，毛泽民含着泪，郑重地嘱托方志纯："盛世才是不会放过我的。如果你今后有机会回延安，请一定转告毛泽东同志：我毛泽民无愧于是一个中国共产党党员，无愧于是毛泽东的弟弟，也无愧于是毛泽覃的哥哥！"

这是外公留下的最后遗言！在最危险的时刻，他想到的不是自己的妻子和不到两岁的儿子，而是党的事业及对事业的坚定信念。

"绝不脱党"

不久，毛泽民等五名中共主要领导人及家属子女被转押到刘公馆。

1943年2月，五名主要领导被关入陆军第二监狱，他们的家属子女则与其他干部被关入陆军第四监狱。当时逢年过节，监狱间还可以送东西。1943年端午节，朱旦华收到了毛泽民要高勒皮鞋和腹带的纸条。毛泽民曾做过阑尾手术，因为手术不成功，伤口经常发炎甚至流脓，为防止伤口破裂，他专门做了一条腹带。1940年下半年在苏联经过治疗后已经不用了，现在又要，很可能是受刑了。高勒皮鞋也很久不穿了，可能是脚镣磨破了脚踝，要用高勒皮鞋减轻痛苦。

实际情况也正如朱旦华判断的那样。盛世才为给自己的罪行披上合法外衣，捏造了一个共产党人"四一二"暴动假案，并企图让共产党人自己"承认"。在法庭上得不到结果，盛世才便刑讯逼供。

刽子手使出了种种酷刑，陈潭秋、毛泽民被折磨得遍体鳞伤，奄奄一息，却始终拒不承认。

但并不是所有人都能像他们这样坚贞不屈，另外三个领导人徐梦秋、潘同、刘西屏就先后叛变。可见酷刑折磨比起战场牺牲，是对人的意志和革命信念更为严峻的考验。

在此之前，盛世才的公安处长李英奇使用酷刑"坐实"了许多惊天冤案。他吹嘘说，我有二三十种酷刑，到现在为止，没有一个人能熬到头的，不等我用完所有酷刑，半道他就得给我招了。但毛泽民和陈潭秋却让李英奇失望了，任凭其用尽了所有酷刑，也决不屈服。解放后，李英奇和其他刽子手全部落网。一个外号叫"杨大头"的就供认说，我刑讯无数，就没见过周彬这么硬的汉子，我们私下称他"周铁汉"。

盛世才见不能让陈潭秋、毛泽民"认罪"，又退而求其次，说只要你们公开宣布脱离共产党，就可免一死。但陈潭秋、毛泽民这两位中共早期党员，决不肯放弃自己的理想和信念。他们更深知自己身份的特殊：中共"一大"13名代表中，已有三人牺牲，四人脱党，三人叛变，仍在党内领导革命斗争的仅剩三人，就是毛泽东、董必武、陈潭秋；而毛泽民则是中共领导人毛泽东的弟弟。如果他们脱党，无疑是给敌人提供了重磅炸弹，给党造成无法弥补的损失。所以任凭敌人一遍遍用刑，他们一次次昏死过去，但醒来后的回答只有四个字："决不脱党！"

1943年9月27日深夜，盛世才奉蒋介石之命，将陈潭秋、毛泽民、林基路（任库车、乌什两县县长）秘密杀害，草草掩埋于六道湾荒坡。

其他100多名在押中共人员及家属，直到1946年张治中主政新疆后才得以释放，回到延安。解放后，朱旦华与方志纯组成了新的家庭。

兄弟情深

1936年，毛泽东在与斯诺谈话时曾说过："我年轻时，火气很大，常在小弟弟泽覃跟前挥拳头，舞棍子。可是，对泽民，我从来没有打过他。"首先是年龄差距，毛泽民只比毛泽东小3岁，性格又随母亲，温和并善解人意。毛泽东在中央苏区时的警卫员吴吉清曾回忆说："那时主席受排挤，心情不好，常常几天不与人说话，也没什么人来看他，用他自己的话说，'鬼都不上门'。泽覃那时也被打成'邓毛谢古'右倾机会主义。泽覃来主席这里，也一声不吭，坐在那生闷气。泽民一周来二三次，都是下午来。谈什么不知道，但有说有笑。还给主席买烟丝来。"从中可以看出，毛泽民更善于沟通，并能想方设法为苦闷中的大哥带来片刻的欢愉。

但年龄和性格还不是最主要的，关键是毛泽东对大弟弟早年供他读书，心中充满感激。他也由衷地喜欢这个埋头苦干、任劳任怨的大弟弟。

例如，毛泽东曾不止一次地对毛远新谈起他当年在长沙读书时的往事。毛泽东说："那时，我是穿长衫的，肩不能挑，手不能提。我到长沙去读书，是你爸爸送我去的。他穿的是短褂，帮我挑着行李，在外人看来，就像是我花钱雇的一个挑夫。是你爸爸在家乡任劳任怨，辛勤劳作，照料父母，还为我提供了学费和生活费。"

1975年，毛远新作为中央代表团副团长，去新疆参加自治区成立20周年庆祝大会。临行前，毛泽东对毛远新说："你父亲为党做了很多工作，是有重大贡献的。他牺牲得也非常英勇。你这次去给他扫墓，也代表我。"又嘱咐毛远新说："你代我在泽民的坟前放一束花。不要（对别人）说。"

接着，毛泽东又道出了一件埋藏在心中近60年的往事。他说：

"当时我和你泽覃叔叔在长沙读书，你父亲时常赤脚挑着米送到长沙，同学们看他一身农民打扮，开始还以为是家里的长工。有一次，你父亲送学费晚了两天，我不高兴了，就说了他。但你父亲当时一句话也没说，直到临走时才告诉我：今年收成不好，为了把谷子多卖点钱，这次是挑到100多里外的集镇才卖了个好价钱，所以来迟了。我听后心里非常难过，感到对不住你父亲，为此惭愧了好几天。他这么辛苦地供我们读书，我却还错怪他……没有你父亲，我哪能到长沙读书哟！"

（《作家文摘》总第 1948 期）

父亲朱生豪：译莎才子

·朱尚刚**口述** 毛予菲**采访整理**·

嘉兴海宁南湖边的朱家宅子是栋两层小楼，如今，一层大堂用作朱生豪图片展示，二层是几间旧屋子。朱尚刚说，80多年前，父亲朱生豪在最后岁月蛰居的寓所也是如此，一桌一椅一床，再加上油灯一盏、旧铜笔一支、莎翁全集一套、中英词典两本，就是他的全部家当了。经历了漫长的孤寂、坎坷的生活、动乱的战火，然而，再惶恐的日子，只要能翻译，他就永远抱着一丝希望。

生性寡言，笔下生花

1999年，我为父母所写的传记《诗侣莎魂》印发。实际上，书中上百万字几乎全部出自史实资料和他人之口。

父亲病逝时我才一岁零一个月大，我只知道父亲是搞翻译的。小时候，母亲常搬两把凳子，坐在弄堂口给我讲《哈姆雷特》，我知道了莎士比亚，而父亲就是把他介绍给中国人的翻译者。第一次对父亲有大致了解，是我在阁楼翻到1947年世界书局出版的《莎士比亚戏剧全集》。前言《译者介绍》是母亲写的，在她温柔的笔触下，父亲是个隐忍又孤寂的人。

后来"文革"来了，大家闭口不谈文学，我也不问父亲的事。1977年，文化回暖，开始有记者来采访，广播里声情并茂地朗诵父亲的生平事迹，整个嘉兴都知道，父亲是个大翻译家。大学同学劝我写一本父亲的传记，我便着手收集资料。

零零碎碎的评价多半来自父亲的同窗旧友。1998年夏天，我去北京，见到父母在之江大学的老友黄源汉，她印象中的父亲害羞少言。唯独有一次，父亲主动叫住了她。事情是这样的：父亲母亲在一次社团活动中相识，聚会后不久，一天上完课，父亲想让黄源汉转交给母亲一个蓝色封皮的小笔记本，才主动找她说了话。

不过，父亲却有一支生花的妙笔。除了与纸笔为伴，诗社是唯一能让父亲活跃起来的地方。母亲回忆，父亲读诗有自己的态度，最爱的是莎士比亚十四行诗，从头到尾读了好几遍，深为其中人物命运感慨。

在之江大学读书时期，父亲写了大量诗文。这些古体诗，为父亲后来的翻译风格奠定了基础。比如，父亲翻译的莎剧中，流传最广的译词就有《哈姆雷特》中复仇王子的内心思虑，"生存还是毁灭，这是个值得深思的问题"。《罗密欧与朱丽叶》中的表白读来让人缠绵悱恻："今夜没有你的时光，我只有一千次的心伤。"后世读者最推崇的《罗密欧与朱丽叶》的最后一句话，直译是"世界上的恋情没有比得上罗密欧与朱丽叶的"，父亲翻的是："古往今来多少离合悲欢，谁曾见这样的哀怨辛酸！"后来，翻译家许渊冲对此大加赞赏："多有才啊，好得不得了！"

"早知一病不起，拼着命也要译完"

父亲的翻译事业是从一部《暴风雨》开始的。那时他刚从之江大学毕业，因才学出众，被推荐去世界书局从事英文翻译。英文部负责人詹文浒先生建议父亲翻译《莎士比亚戏剧全集》。准备了一年后，他决定以最喜欢的《暴风雨》开篇。

为何父亲如此钟情这部剧作？他专门写了篇《译者题记》："（《暴风雨》）其中有的是对于人间的观照。"初入职场的父亲发现，"有的人浅薄得可以，却能靠着玩弄权术踩着别人飞黄腾达，而那些老老实实勤奋工作的人却总是吃亏"。他深感厌恶却无可奈何，便把希望寄托在缥缈的想象中，"我真想在海滨筑一间小屋，永远住在里面"。《暴风雨》中普洛斯彼罗领着女儿米兰达生活的那个远离邪恶的海岛正是如此。

父亲在开始翻译前，斟酌再三，最终没有采用莎剧原文的诗歌体，而决定译成散文。后来，研究翻译理论的罗新璋称其文体为"散文诗体"。

《李尔王》中有这样一段：Fathers that wearrags,Do make their children blind. 梁实秋翻译：父亲穿着破衣裳，可使儿女瞎着眼；朱译：老父衣百结，儿女不相识。父亲讲求音律，更传意趣。

"中国学派"有一套传统的翻译理论。严复提出"信雅达"，傅雷重"神似"，父亲的翻译原则是，保持原作之神韵。罗新璋后来评价说："神韵之说最令人瞩目的范例，就是以全部生命，倾毕生精力翻译莎士比亚的朱生豪。"

这种"神韵"在一些双关语中最难处理。父亲译《威尼斯商人》时就碰到了这样的情况：小丑兰斯洛特奉他主人之命请夏洛克吃饭，说：My young master doth expect your reproach。兰斯洛特说话常用错字，把approach（前往）说成reproach（谴责）。梁实秋这样译：我的年轻的主人正盼着你去呢——我也怕迟到使他久候呢。父亲的译法是：我家少爷正盼着你赏光哪——我也在盼他"赏"我个耳"光"呢。他对这个以"双关"译"双关"的微妙处理很满意，还得意地向母亲作了报告。"比起梁实秋来，我的译文是要漂亮得多的。"

那些年，日本帝国主义势力步步深入。而翻译对父亲来说，已不仅仅是让自己愉悦的灵药，更是一腔让中国文化和世界接轨的家国抱负。正在中央大学读书的老友文振叔，听说日本人因为中国没有完整的莎剧译本而讥笑中国文化落后，给父亲写信大力支持他。父亲也憋着口气。1937年全面抗战爆发后，最先完成的七八本译稿在炮火中流失，他咬着牙从头开始译。翻译成了他在颠沛流离中依然奋发的最大动力。

因时势所迫，父母从上海回到嘉兴，搬进了南湖边的那栋二层小楼。1943年冬天，我出生于此；也是在这里，父亲患上了肺结核。母亲记得，有几次父亲躺在床上口中念念有词，背诵着莎剧原文段落，十分投入。父亲将总共37部莎剧分成喜、悲、史、杂，直至去世，共译31部，留下五部半没来得及动笔。他最大的遗憾是，"早知一病不起，拼着命也要译完"。

"他译莎，我烧饭"

如今，和译稿相比，父亲的情书似乎更火。因为战乱，父母不得已分离十载，父亲写了300多封信。后来在"文革"中，部分信件不幸遗失，剩下的母亲就更视为珍宝了。他们在信中议论诗文，交流读书心得。而那些谈情说爱的文字，颠覆了父亲在朋友同学眼中一贯内向寡言的形象。

在给心爱人的情书中，父亲变得活泼、丰富、青春又幽默。他写道："醒来觉得甚是爱你。"还有"不要愁老之将至，你老了一定很可爱"，"我愿意舍弃一切，以想念你终此一生"。

但我总觉得，说是情书，其实这些信里并没有那种惯常的温柔缠绵。父亲自己也戏谑："情书我本来不懂，后来知道凡是男人写给女人或女人写给男人的信，统称情书，这条是《辞源》上应当补入的。"父亲对自己始终认识得很清醒，"我们都是想浪漫想飞的人，但在现实面前却飞不起来"。

1942年，父母在苦恋10年后匆匆完婚。之江大学老师、一代词宗夏承焘题下8个字：才子佳人，柴米夫妻。多年后，有人准备写一本《宋清如传奇》，母亲听了说："写什么？值得吗？"说完又加上一句："他译莎，我烧饭。"

好不容易终成眷属，却在不过两年的光景里又阴阳相隔。很长一段时间，在我面前，母亲对父亲几乎只字不提。她后半生都在赶着做这几件事：出版丈夫生前的译稿；教书育人；抚养我长大。

"世人知有宋清如，皆是因为朱生豪。"但母亲其实是完全独立的。她是那个时代新女性的典型代表，是"不要嫁妆要读书"的校花，甚至被施蛰存先生评价为"清如先生都比生豪先生要略胜一筹"。

1997年6月母亲离世。我在一个纸箱子里发现她写给父亲的《招魂》，一纸我从未见到的《生豪周年祭文》草稿。在那娟秀的小字中，母亲终于道出了思念："谁说时间的老人，会医治沉重的创伤？我不信这深刻的印象，会有一天在我记忆里淡忘。"

"更希望他（朱生豪）永生于读者的记忆里，如同永生于我的记忆里一样……"

（《作家文摘》总第 1955 期）

三松堂岁暮二三事

·宗 璞·

父亲去世两年后

往年每到 12 月初，总要收一通祝贺父亲寿诞的信件和卡片，最准时的是父亲的老友、两卷本《中国哲学史》的英译者卜德先生。我一见那几个中国字，便知是这位老人了。到 12 月 10 日左右，便开始收到祝贺新年的美丽的卡片了。家里每个人都收到一些，有时还要比一比。"今年我得的最早。""谁说的！我昨天就得了。"我会把收到的贺卡大声喊给父亲听，连从花园中穿过的行人都听得见。

父亲去世已两年了（本文写于 1993 年）。12 月的热闹冷落下来。两年来，信件少多了，本应该完全没有父亲的信了，但还是陆续不断，从全世界而来。昨天去哲学系办点小事，又带回一沓信件。

信件中有张向父亲祝贺新年的音乐卡，是河北水产学校一个名叫娄震宁的学生寄来的，卡上写道：我带着仰慕和敬爱的心情，在

101

天涯为您祈祷，祝愿您新年愉快，健康长寿。这是今年的第一张节日卡。

记得父亲去世以后，我第一次在信箱里拿到给他的信，心里有一种凄然而异样的感觉。那是英国一家学术出版公司寄来的，关于哲学和医药的书目。这种书目以前我是根本不拆的，这次却反复看了好久，还想到书房去，大声喊着告诉什么什么事，几乎举起脚步，忽然猛省，即使喊破了喉咙，谁来听呢？渐渐地，我习惯了。习惯于收阅寄给另一世界的信件，多半置之不理，有时也代复。

这次拿回的信件中，有几个机构和编辑部约请帮助，还有两本与父亲无关的校友通讯，不知何故寄来。积两年之经验得一印象，真的有许多人是不看报纸的。

来信人中也有明察秋毫的。一封打听《新编》售书处的信是写给我的。信封上写的是"北京大学哲学系转冯友兰先生家冯宗璞女士"。另一封给我的信因不知我的地址，写的是"北京大学冯友兰先生纪念馆转交"。许多人昧于已发生的事，混淆了阴阳界。这位朋友本着善良的愿望，想当然地以为必有一个纪念馆，把未发生的事当真了。

庭院中三松依旧，不时有人来凭吊并摄影。那贺卡中平凡的乐音似乎在三棵松间萦绕。读三松堂书的人，都会在心中有一个小小的纪念馆。

一块大石头

这样一块大石，不是碑，不是柱，只是石头，立在众多的拥挤的墓碑中。进得万安公墓，向左转过一处假山，即可看见。石头略带红色，若有绿松掩映最好。但是没有，有的是许久不填平的新穴和坑坑洼洼的小路。

静极了，冬日的墓地。远处传来清脆的敲石头的声音，越显得寂静把墓地罩得很紧。

大石在寂静和寒冷中默默地站着。石上刻有"冯友兰先生夫人之墓"几个大字。我的父母亲就长眠在这里。我原想要一块自然的大石，不着一点人工痕迹，现在这一块前面还是凿平了，习惯是很难改的。

1992年12月4日，是父亲的诞辰，冥寿97岁。我一家人在6日来扫墓。先将墓石擦拭干净，然后献上几朵深红色的玫瑰花，花朵在一片灰蒙蒙中很打眼，这是墓中唯一的红色。

去年安葬时，正是冬至。从早便飘着雪。雪花纷纷扬扬，墓地一片白。来参加葬礼的亲友都似披了一层花白毯子。我请大家不必免冠，大家还是脱下帽子任雪花飘洒。

张岱年先生在墓前讲话，说冯先生的一生是好学深思、永远追求真理的一生，永远跟随时代前进的一生，他对中国文化的贡献是巨大的。也向我的母亲——为父亲承担了一切俗务的母亲，表示敬意。

我的弟弟、飞机强度专家冯钟越随父母安葬于此，这对于逝者和生者，都是很大的安慰。

墓穴封住了，大家献上鲜花，花朵在冷风中瑟缩着。而墓中人再也不怕冷了，那深深的洞穴啊！

今年清明前后，一直下小雨。我们在清明后一天来到墓地。没想到平常极清静的墓地如同闹市一般，人们在墓石间穿来穿去，不少人把放置在骨灰堂里的骨灰盒拿出来，摆在石桌上一起坐一会儿。天阴得很，雨丝若有若无，草都绿了。更显得有生气的是各个墓上摆了各种鲜花，有折枝，有盆花，有花篮和花圈，和灰色的天空成为强烈的对比。父母亲的邻墓有一座较高大的碑，刻了不少子孙的名字，似是兴旺人家。墓上摆了两个大花篮，紫色的绸带静静地从花篮上垂下来。一路走过去，我心里很不安，我们来晚了，带的花太少了！大石头前果然显得很空，但是我们马上发现，这里并不孤寂。一束小小的二月兰放在墓志石上。这是一种弱小的野花，北京西郊几个园子里都很多。那么是有人来凭吊过了，是谁？是朋友？是学生？是读者？

我们献上几枝花，小心地不碰着二月兰。我们在寂静中站着，敲石头的声音响着，很清脆。

学术基金

1992年12月12日，北京大学接受了冯友兰先生捐献的人民币5万元，设立了冯友兰学术基金。数目小得可怜，心愿却大得不得了。

父亲在20世纪30年代就提出要"继往开来"，认为这是他作为一个哲学家一生的使命。

1946年他撰写西南联大纪念碑碑文，文中有句云："我国家以世界之古国，居东亚之天府，本应绍汉唐之遗烈，作并世之先进。将来建国完成，必于世界历史，居独特之地位。盖并世列强，虽新而不古；希腊罗马，有古而无今。惟我国家，亘古亘今，亦新亦旧。斯所谓'周虽旧邦，其命维新'者也。"他后来一再提出，"旧邦新命"是现代中国的特点。中国有源远流长丰富宏大的文化，这是旧邦；中国一定要走上现代化的道路，作并世之先进，这是新命。

在三松堂寓所书房壁上，挂了他自撰自书的一副对联：

阐旧邦以辅新命，

极高明而道中庸。

上联是平生之志向，下联是追求之境界。父亲希望有更多青年学子加入阐旧邦以辅新命的行列。所以就要以基金为基础，在北大中文、历史（中国历史）、哲学（中国哲学）三系设立奖学金，并每三年一次面向全国奖励有创见的哲学著作。

父亲最关心哲学，但不限于哲学。他任清华大学文学院长18年，清华文学院是一座极有特色的文科学府，至今为学者们所怀念。父亲曾说，他一生最幸福的时光就是在清华的那一段日子。又因为西南联大老校友、加籍学人余景山先生用加币在北大哲学系设立了冯友兰奖学金，已经数年，对哲学系就不必再有偏向。

当我把款项交出去时，颇有轻松之感。"又办完一件事。"我心里在告禀。

回想起来，父亲和母亲一生自奉甚俭，但对公益之事总是很热心的。1948年父亲从美国回来，带回一个电冰箱，当时是清华园中唯一的，大概北京城也不多。知道校医院需要，立即捐出。近年又向家乡河南唐河县图书馆和祁仪镇中学各捐赠1万元。款项虽小，也算是为文教事业做出的小小的呐喊吧。

（《作家文摘》总第1971期）

父亲马海德的长征路

·周幼马·

他选择了长征

在中央红军队伍中，有两个"洋人"，一个是李德，一个是我的父亲马海德。与从头到尾跟中央红军长征的李德不同，父亲最早与长征发生联系是在1935年夏天，他为长征提供了帮助。当时，红军正在长征途中，因在湘江战役中把电台打坏了，为了和共产国际取得联系，派陈云从上海去苏联。在上海，是我父亲护送陈云上船。

1936年，毛泽东致电宋庆龄，请求她尽快为党中央、中央红军派一位外国医生。我父亲马上办了北上西安的"签证"。他此行没有成功，因为中央红军还没有落脚的地方。这年6月，他再次北上。在火车上，他见到美国记者斯诺，二人一起到西安，和红军派来的人接上了头。在张学良的帮助安排下，到了延安。又在游击队和老乡的帮助下，经安塞到达临时红都保安。8月，父亲又行军向西，到几百公里外的宁夏同心县的西征红军驻防地豫旺堡为军民看病。9月初，他参加了红军。10月，父亲行军百公里到甘肃会宁，为刚到达的朱德、张国焘率领的红四方面军治伤看病，后又返回宁夏，参加了与贺龙率领的红二方面军的会师。

我父亲的长征前后也是一年多，行程过万里。不同的是，红军是行军打仗，我父亲是为红军看病；红军是被迫长征，我父亲在上海租界有房、有车、有诊所，有宋庆龄的舞会，有外国人的酒吧，有面包、黄油、咖啡，然而，他却选择了长征，冒着生命危险玩命。

保安来了大鼻子洋人

刚到保安，在党政军民的欢迎会上，父亲发现，战士们穿的是不同颜色的军装，看来这是他们拥有的最好最干净最体面的了，但都有补丁。还有用旧布条编的草鞋，都打着绑腿。

前排的战士拿着各国各年代各型号的枪，父亲后来才知道，没有一支枪有超过五发的子弹。中间的战士拿的是大刀长矛，后排的则拿的是木棍和各种农具。

父亲告诉我，他是去保安医病的。从中央领导、红军将领到战士、小鬼，以及当地老百姓，都记得有一个大鼻子的洋人给大家看病。周恩来在长征时胃出了毛病，几天不能吃东西，是靠战士们抬着走出了草地。他的夫人邓颖超妈妈患有肺结核，这在当时是会要命的。父亲对她说："太阳好的时候，躺在外面晒，长时间晒太阳会有帮助。"50年后，在人民大会堂庆祝马海德来华50周年的宴会上，邓妈妈拉着我父亲的手说："你救了我一条命呀！"后来，她送来了一张她和我父亲手拉手的照片，下面写着："1936—1980，保安—北京，44年的友谊。"

为毛泽东"辟谣"

我父亲曾经告诉斯诺，在他写的书里，千万不要出现父亲的照片和名字。因为几个月前，父亲还在上海，在宋庆龄身边，现在又出现在红军里，国民党当局马上会联想到宋庆龄"通匪"，这对宋庆龄不利，会害了她。但是，斯诺在《西行漫记》中还是写了这么一段："有一个晚上，一个红军医生——一个曾在欧洲学习、精通医道的人——给他作全面体格检查，我正好在他的屋子里，结果宣布他非常健康。他从来没有得过肺病或其他'不治之症'，像有些想入非非的旅行家所谣传的那样。"这段话讲的是我父亲给毛泽东查体的情况。当时，白区谣传毛泽东得了肺痨甚至肺癌。

斯诺用我父亲给主席查体的结果来辟谣。也是从那时起，我父亲成了毛泽东十多年的保健医生。1949年2月在西柏坡时，毛主席对斯大林的代表米高扬说："马海德从那时起，没有离开过我身边。"当然，我父亲也给张闻天查体，张很喜欢我父亲。王稼祥的肚子有外伤，因条件有限，只能多消毒换药处理，后来送到苏联治愈。

"马海德"是这样诞生的

其实红军在保安并没有多少部队。这一年，彭德怀率领红一方面军的主力，在保安西北300多公里、宁夏的豫旺堡（位于同心县）设立了大本营，建立了西征红军总指挥部，打击马鸿逵、马鸿宾在宁夏的势力，团结张学良的东北军，并准备迎接二、四方面军北上。

毛泽东让我父亲和斯诺去那里看病、采访。为此，从 7 月 9 日起，我父亲和斯诺开始了 20 多天的长征。一路上有一小队红军骑兵护卫，还有燕京大学革命青年学生、中共党员黄华伯伯陪同。8 月初，他们来到了豫旺堡，受到了热烈欢迎。红四师刚和马鸿宾的骑兵团打了一仗，缴获了一批战马。师长李天佑和政委黄克诚从中挑选了两匹上好的蒙古马送给了我父亲和斯诺。这可是"大礼"，我父亲非常高兴。当然，这也是彭德怀的指示。

　　据当时豫旺堡的军民讲，他们常看到三个红军"郎中"：一个是大鼻子的外国医生，即我父亲；另外两个，一个是 1932 年徐海东从国民党部队里"抢"过来的军医钱信忠，解放后当了中央卫生部部长，还有一个是大胡子的中医戴济民。我父亲会写阿拉伯文字，在回族地区很"吃得开"。他常把红军的标语翻译成阿拉伯文，写在墙上。回民非常惊喜，相传"红军中有高人，有一位哈吉"——"哈吉"就是朝觐过麦加天房的人。回民纷纷邀请他到家里吃羊肉，就连阿訇也请我父亲到清真寺做客。

　　为了革命需要，父亲将父母给他起的名字"乔治·海德姆"改成当时中国回族大姓"马"姓，名为"海德"。"马海德"这个名字就是这么来的。

　　1936 年 9 月 5 日左右，保安来电，要我父亲和斯诺尽快离开宁夏回保安，因为有情报说胡宗南要来打红军，通往西安的路将断掉。斯诺收拾行装，我父亲则说，我不走了，我要留在这里，红军需要我，我愿参加红军。毛泽东知道后非常高兴，马上任命我父亲为中央红军卫生总顾问。

　　斯诺去了保安，父亲又在豫旺堡行医工作一个月。有一天，他在路边的红军哨所休息，看到土墙上贴着一张张的中华苏维埃政府发行的邮票当"壁纸"。当年纸贵，长征中红军战士舍不得丢就背到陕北，又背到宁夏。我父亲就问，能不能送我一张？战士高兴地揭下一大张送来。后来1944年美军观察组到延安，我父亲是中央军委外事组的顾问，知道美国总统罗斯福喜欢集邮，就送了一个四方联，托美方人员带给总统。总统很高兴，说英国首相丘吉尔也喜欢集邮，撕下两张送了首相。

长征中的一员

10月2日，红七十三师骑兵团在夏云飞团长的率领下，从同心县出发，用一个昼夜急行军300里，南下甘肃拿下了会宁县城，为迎接红四方面军创造了条件。我父亲在黄华的陪同下，在一方面军红一师陈赓师长率领下，由同心县豫旺堡南下到会宁。10月9日，红一师和红四方面军先头部队会师。第二天，在会宁文庙广场举行一、四方面军的联欢大会，并宣读了中央贺电。10月22日，父亲随红一方面军到达宁夏西集将台堡，与贺龙率领的红二方面军会师。

在我看来，父亲无论是到会宁参加迎接红四方面军，还是到宁夏参加迎接红二方面军，他不是去看热闹，也不是当观察员去记录、见证这个场面。他不是长征的旁观者，他是其中的一员。是中国工农红军的长征精神指引了我父亲的一生。他去世前，对在床边的我说："我很满意我一生走过的路。"我想，这其中也包括他的长征路。

（《作家文摘》总第 1994 期）

我所认识的胡底与钱壮飞

· 李一氓 ·

我在国家保卫局工作时期，有两个同志我原来并不认识，是在1932年秋天到了瑞金以后，他们从前方调回来工作，成了我的同事，才认识的。

第一个是胡底，他是安徽桐城人，比我小两岁。这个人很有才气，自己替自己改了很多稀奇古怪的名字。他本名叫胡百昌，但有北风、胡马、裘天、伊于胡底这些别名。在江西用的名字是胡底。据说他是1923年或1924年在北京大学毕业的。大概在北京认识了钱壮飞。钱壮飞利用他和徐恩曾的同乡关系，让他们打入徐恩曾负责的反共情报机关，成为中统高级工作人员。因为顾顺章叛变，暴露了他们的身份，不能再在白区工作，所以就把他们调到瑞金国家保卫局来了。

在瑞金的时候，我当执行部长，胡底当执行部审讯科长。他写得一手好毛笔字，起草的公文，文字非常流畅。他原是桐城有名的富家子弟，懂艺术，手头还有两三卷不知从什么地方搞来的山水画

111

手卷，我那时在这上面既无知识，也无兴趣。审讯的事情并不多，两个人闲聊的机会很多，我感觉到这是个人物。

长征中，在张国焘分裂以前，他在保卫局工作，跟随朱德同志。张国焘一搞分裂，他跟中央总队脱离了关系，留在四方面军了。他对张国焘的反党行为非常不满，甚至于形之言辞，被张国焘知道了。张国焘诬陷他是"反革命"，命令红四方面军总保卫局在阿坝把他捉起来，送回查理寺看押。1936年9月中旬，张国焘宣布《大举南进政治保障计划》，红四方面军总部和所有部队都由阿坝南下，经查理寺、斯达坝，向绥靖县转移，全部集结于党坝、松岗、马塘地区，准备攻击绥靖、丹巴、懋功等地区。就在由斯达坝到松岗的半路上，总保卫局向张国焘报告说："胡底走不动路，怎么办？"张国焘说："你们自己看着办吧。"这样，总保卫局就派人在部队到松岗宿营之前，将胡底杀害，埋尸于路旁。当时的总保卫局局长是曾传六。由于胡底是普通党员，现在很少人提起他。但他却是一个坚定的反对张国焘路线的党员。在党内斗争中，为坚持真理牺牲在不正常的情况下，这样的同志是非常值得尊敬的。

第二个是钱壮飞，他是浙江桐乡人，北京医学专门学校毕业，照职业，应该是个医生。他考进了国民党的情报机关，1929年的时候，被徐恩曾拉去做了助手。他这个人在各方面都有些才气，毛笔字写得很好，会写文言文，还会画画，思想也很敏锐，所以被徐恩曾看上了。得到党的同意，他去了。以后，又推荐李克农、胡底去帮助他工作。这是两个安徽人，他们都是老朋友。本来工作很顺利，但由于顾顺章的叛变，暴露了他们的身份，通过他们及时报告，上海中央机关得以安全转移，这是他们的一大功劳。自然他们也不能再在徐恩曾那里立脚了，于是很快就全部退出来，离开南京，但也无法继续在上海工作。所以中央就把他们三位全部送到江西苏区。李克农留在瑞金国家保卫局当执行部长，钱壮飞就到前方，任第一方面军的保卫局局长，胡底就随同钱壮飞去前方了。

在前方的时候，由于部队的给养情况不很好，战士都爱吃辣椒，吃辣椒也带来一些问题。那时贺诚是前方卫生部长，就下命令全军禁吃辣椒。钱壮飞也是学医出身，就在墙报上写文章反对，举出吃辣椒有什么好处。贺诚也在墙报上写文章反驳他。两个医生大打吃辣椒的笔墨官司。结果还是卫生部长打输了，战斗员都拥护保卫局长的意见。

1932年秋天，国家保卫局要李克农到前方代替钱壮飞当局长。刚好在这个时候我到了瑞金，就要我接替李克农当执行部长，钱壮飞回到后方来当侦察部长。我就是在这个时候认识他的。我们的工作比较协调，同时也因为没有重大的案情，比较清闲。那时决定在瑞金城外的沙坪坝建立红军烈士纪念塔，同时准备开全苏维埃区域的代表大会，要修一个大会场，就把这两个工程的设计都交给他了。这就是后来建成的炮弹形的红军烈士纪念塔和砖木结构的苏维埃大会会场。可惜1934年底红军转移后，国民党军进入瑞金时，把这两个纪念建筑全都破坏烧毁了。我们现在所能看到的，是全国解放以后，江西人民模仿原样重新建造起来的。拿纪念塔来说，它的基座是五角形的，因此有10个面，每一面都有一个当时领导人的题词，是用石板刻字镶上去的。对着塔的正面，有一条宽窄适当的红土路，路上用小的白色鹅卵石嵌成"踏着烈士们的血迹前进"。这个设计是非常辉煌的。

钱壮飞不仅能搞建筑设计，还有其他的技术才能。中华苏维埃的和人民委员会的各种印信，银质圆形，都是他设计和监造的。这批银印，随着长征，经过抗战，现在完整地保存在中国革命博物馆里，成了中国革命很有历史价值的文物。

长征途中，在贵州黄平地区强渡乌江。就在渡江的时候，国民党飞机来了，有的人已渡过乌江北岸，有的人还留在南岸，等到把浮桥全部拆掉以后，查点人数，却不见了钱壮飞。是不是他还在南岸没有过江？但那时天色已晚，大部队要继续行动，很难派出人渡回乌江去找他。这个人的习惯是，飞机一来，他就离开人多的地方，跑到一个偏僻的、没有人的地方。在乌江南岸跑飞机的时候，没有人注意他跑到什么地方去了。要是他跑得远远的，因为疲劳的关系，会倒地就睡觉，等到继续渡江的时候，他或许还没有醒来，即或回头去找，也不知到什么地方去找。大家都认为这个人很灵活，自己会想办法跟上来。但是从此以后就没有他的下落了。

抗战时期，重庆办事处曾派人到这个地区去找过。从当时的情况看，我们分析，他很有可能是被当地的地主武装杀害了。

（《作家文摘》总第 1902 期）

一百年漂泊——台湾的故事

·杨 渡·

逃亡之夜

母亲开始逃亡的那一年春天，我14岁。后来我才知道，母亲逃亡，是因为父亲做生意失败，用母亲的名义开空头支票顶债，触犯了"票据法"，母亲因此成了通缉犯。

那个寒冷的黄昏，一个时常与丈夫吵架而回娘家的姑婆，回到娘家，不断向祖母和母亲抱怨她的丈夫，挥着拳头凶狠地殴打她。祖母坐在小小的客厅里，习惯性地看着歌仔戏。妈妈时而望着电视，时而回应姑婆说："你也要忍耐忍耐啊，总不能这样天天吵！"她瘦小的身子一边折叠着刚刚从晒衣竹竿上收进来的衣服，一边头也不抬地说："阿浓，去洗澡，阿杰，你也一样。功课写好了吗？"

我只得先去洗澡。刚在身体上淋上水，抹好肥皂，突然听到外面有急促杂沓的脚步声，慌乱的关门声，然后浴室的门砰砰作响。

"谁？"我喊道。浴室里五烛光的灯泡在蒸腾的热气中，散发出幽暗的微光，我有些恐惧地问。"快开门。听到没？开门！"陌生的、威吓式的男音。

"等一下，在洗澡。"我说，然后匆匆冲去身上的肥皂，一边听到外面传来男人的声音："这里是通到哪里？""会是从这里逃掉？"另一个声音说。他们指的是通往水田的后门。

我从浴室急急忙忙打开门时，穿着警察制服的两个男人立即打开手电筒进入察看。我回头用询问的眼神看看祖母，她先是斜斜地看我一眼，随即装出很悲伤、很无辜的样子对警察说："大人啊，伊人早就走了，你看，只留下孩子让我照顾。大人啊，你就要可怜我们啊。"

"走吧，不在，大概跑不久。"身上配着警枪警棍的那个警察说道。

"你跟她说，反正跑不了的，跑路最后还是会被抓到，不如早早出来投案。"他跟祖母说。而祖母根本无视于我一再以询问的目光看她，只是做出很悲哀的样子，"是啦，是啦，大人，我会跟她讲，但是我也找不到伊人在叨位（闽南语，'在什么地方'）。"仿佛在刹那间，母亲从世界上消失了。

警察一走，祖母还不放心，用眼神暗示我去外面看看，直到确定他们离开，才返身关起门，慢慢停止颤抖，说："好佳在（闽南语，'幸亏''幸好'之意），神明保佑，你妈妈从后门跑了。我叫她往田里逃。好在，警察没有去后面找。""妈妈跑去哪里了？"我问。"我也不知道。"祖母说，"等一下你去田里看看。可能会躲在那里。"

我推开后门，悄悄走出去。没有路灯、没有光线的水田里，只有黑暗。

水田中的妈妈

"妈，妈妈。"我在田埂上边走边低声呼叫，由于怕警察回头埋伏查看，我必须弯下身子，让自己只有茭白笋叶尖的高度。但黑暗中没有妈妈的回音。我继续小心前行，口中不住低声呼唤："妈，妈妈……""阿浓，阿浓。"黑暗中突然传来压低的沉沉沙哑呼声，有如鬼魅，惊吓得我急忙呼唤："妈，妈。"

"蹲下来，蹲下来才不会被看见。"母亲的声音终于比较清晰地传出。我全身颤抖起来，四下张望，但无法分辨来自何方，"妈，你在哪里？"这时从水田中央传出"在这里"。一个黑色人影像水蛇一样挪动身体，划开秧苗，缓缓从水田中间爬了出来。她的半边脸上沾满污泥，身体因在泥土里躲藏爬行，也沾满水田里的烂泥。她爬到田埂边上，全身不知是因为寒冷或是害怕，不断颤抖。"警察走了吗？"妈妈问，同时用手去扯拧头发上的泥和水。

"警察走了。"我说。泥水一把一把地自头上拧出来，她便趴在田埂边用小沟里灌溉的水清洗双手，而后又抹去身上的泥土。由于全身都是泥，根本无法弄干净，"回家去洗澡，好不好？"我说。

"不行，警察还会回来的。"妈妈说，"你等一下回去告诉阿嬷，我没有事，然后帮我拿干净的衣服，阿嬷知道放在哪里。我在这里换就好。"然后母亲开始说自己为什么躲在这里。那时警察走进来时，祖母眼尖，便叫母亲从后门快跑，她去前门假装找不到大门的钥匙来拖延时间。母亲跑到田埂上，心想反正要躲，如果一直跑，反而容易被看见，于是躲藏到水田里。

我迅速跑回家中，要祖母准备衣物。读小学五年级的弟弟、读幼稚园的两个妹妹，用惊恐的眼睛看着我，不敢出声。四岁的小妹是早产儿，身形特别瘦小，睁着大眼睛，害怕地跟在祖母身后，不敢落后一步。祖母回头说："不要跟啦，我只是拿东西，不会走掉啦！"但两个小妹就是害怕地紧紧跟随。突然间母亲不见了，警察要来抓走她们的母亲，她们比谁都害怕再失去唯一可以依赖的祖母。

祖母迅速地拿了衣服和一双拖鞋，用一条布巾包起来，交给我。"去，叫妈妈去什么地方躲一躲。叫她要躲好哦，不要被人看见了……"

拿来换洗衣服和毛巾时，妈妈的身体已在寒流中打颤很久了。她开始用水沟的冷水擦洗身体，一边把泥衣换下。但牙齿格格作响的声音在黑暗里传来，那种恐怖的骨质碰撞的声音，夹杂在茭白笋叶片摩擦的声音、寒流的风声之中，格外清晰，仿佛是人的身体与巨大的寒冷对抗，显得无助又无力。

洗好之后，妈妈的头发湿淋淋滴着水，牙齿还在打颤。她只得咬咬牙，稳住自己，然后沉着地说："现在，我必须跑路了。你爸爸以为去警察局送红包，警察就不会来，其实他们是骗人的。收钱的没来，其他人来了。我已经被通缉，再不跑就会被抓去坐牢。我不能住家里了……"妈妈说着，望着漆黑的夜色，眼眶红了。刹那间，我突然想起来，问道："妈，你要去哪里？"妈妈愕然了。她想了一下，黯然地说："我也不知道。"然后扬起湿淋淋的头发，望向无边黑暗的茫茫田埂路，"只有先走再说，一边走一边想。"

裁缝师

逃亡那晚，妈妈并未走远。她穿过日据时期就传说有鬼魂在盘旋的竹林，走到一间废弃的旧砖窑厂，那里有好几间烧砖的小隔间，堆着一些老砖块。

妈妈先躲在小隔间里，不时观望，注意每一盏路过的车灯，怕警察突然来临。后来，她看见一盏熟悉的车灯，在路上来回两三趟。她感觉那是父亲的车灯，但不敢确信，就先站在暗处观望。直到后来车子停下来，父亲站出来抽烟，她看清了人影，才悄悄走到他的身边，低声呼叫说："魅寇！魅寇！"父亲回头："啊，秀绒？"声音一出，她自己就先哽咽了："魅寇啊，你把我害到这样……"

那一晚，父亲开车带着她，去投靠台中市水浦的三姑家。

虽然在逃亡，妈妈仍自食其力过生活，她通过南屯老家的亲戚介绍，帮一间裁缝店做衣服。那裁缝店的老板见她裁缝灵巧，针线做工细致，就请她把衣服带回家做，论件计酬。后来她觉得附近并无可疑的人，裁缝店的人也很友善，就直接去店里上班。

因为专心认真做裁缝，她反而存了一点钱，托三姑带回来贴补家用，祖母的压力总算减轻许多。

妈妈离开之后，父亲的一些赌友眼见他没什么钱，付不出赌资，就不让他上赌桌，他反而比较常回家。

（《作家文摘》总第 1904 期）

记忆中的陈景润

·萨　苏·

少时在科学院长大，有不少面对一些"传奇"人物的机会，现在想想，他们在生活中其实也多显得平凡。华罗庚，我印象中是个拄着拐棍在楼群里散步的胖老头儿，旁若无人而大家都自觉给他让道——汽车和马就不让了。杨乐，像个温和的中学老师，萨1987年参加世界和平年知识竞赛，有一道题是杨乐的成就，就是利用萨爹在大街上抓到他问出了答案，对了，他是走路上班。

不过，陈景润可算比较另类。

第一次见他很有印象。那时萨年幼，数学所的诸位仁"叔"带一帮孩童到机关看电视。

那年头老百姓家没有电视，数学所楼里12英寸的昆仑很牛气。"带你去单位看电视"是相当级别的奖励。萨们看得正入神，黑沉沉中后边飘忽忽进来一位，穿着棉袄（大夏天的），无声地到了萨爹身边，停了片刻，才慢悠悠开腔：老×，你出来一下，我找你有点事。就这么一句话，孩子们都不出声了。两个人在黑影里嘀咕了几句，最后萨爹说，行，就这样吧。那人又没声地飘出去了。

萨爹回来，萨娘问他来的是谁，他说所里同事，叫陈景润。啊，萨就此记住了此人。

可巧萨娘也十分好奇，回家路上和萨爹聊了陈君一会儿。那个时候陈景润还没出名，但大家都知道他身体不好，是那种脉搏跳动过缓、体温过低的症状，体力不好，反应比较慢。所以他虽然性情极温和，还是没有对象——那年头知识不值钱，找对象重要条件就是得能扛越冬的大白菜，陈景润显然不具备这个水准。当年萨到奶站去取牛奶，看张广厚的飞车是一绝，这唐山大个儿为了省时间，把奶瓶挂脖子上，下车时噌的一下人进队，车子照样往前蹿，到代销店门口两棵大树中间自动夹住，从不出错，可见其娴熟的车技，他那时候也四十好几了吧。

反正就这么记住了陈景润这个人。

其实陈景润虽然比较呆，但到底是文化人，有时候也挺幽默。他后来出了名，人家帮他定了陈夫人，叫由昆，军人世家，非常利索的一个人。结果有一天碰上陈景润，他一身板绿，外加一件超长的军大衣，形象十分怪异，冲萨爹一笑，曰：我参军了啊——敢情，都是陈大嫂的行头。

还有一次萨和萨娘在北大附中门口碰上他在那儿看汽车，因为这地方出了科学院，他又没出门的习惯，萨娘便问他怎么回事，陈一脸苦笑说，我搬过来跟猪做伴来了。细问之下方知，原来科学院在这里有一套房子，条件不错，分了给他。但北大附中附近有一个屠宰厂，屠宰的时候八戒们抢天号地，弄得这心慈手软的书呆子心烦意乱，只好出来躲噪音了。后来好像还真给他换了套房子。

当然还是陈没有出名的时候，他虽没有出名，但身体确实不好，那时候张劲夫管科学院，为人刚正不阿，对陈这样的老九组织上还是关心的，分房子特意给他分了一间"补房"。所谓"补房"，就是利用旧建筑的剩余空间，比如地下室之类改造的住居，陈是单身，工龄年龄都不够，给他这样一间房，您觉得寒碜？那个时候对老九来说已经很照顾了！

话说陈的这一间，原来是四层上一个厕所，封死了马桶，但是没有拆，陈挺满意，正好做床架。而且这个地方清静，后来哥德巴赫猜想的证明，很大一段就是在这里进行的。不要以为萨夸张，1988年，萨的教授、白寿彝先生的高足夏露先生在北师大住的也是厕所"补房"。

还有就是他到未婚妻娘家去，前一天人家给他带一盒蛋糕来，他便也带一盒蛋糕去；如果人家送来的是梨子，他也回赠同等数量的梨子。这后来成了对数学头脑的嘲笑了，其实是他学着人家送礼，不然他不会。

这样的人物科学院俯拾皆是，熊庆来十大弟子个个熠熠生辉，最著名的当然是华罗庚，其次就是严济慈。熊老驾鹤西去，严去探望时携小苹果一袋，虽然干而且皱，但正值食品危机的时候，师母非常感激，且一再称赞。严感动不已而呆气大发，以后每逢老师忌日，必携苹果一袋去看师母，必小，干而且皱。自云：怕不合师母口味，特地晒过。直到90年代初年年皆如此。当然，这种苹果现在小孩子也不入口，所以夫人干脆单放一盘，让其自己继续干燥，有人问之，则对以"严果"，遂成典故。

（《作家文摘》总第939期）

父亲叶浅予和我的三个妈妈

·叶明明**口述**　密斯赵**整理**·

在中国美术界一代宗师叶浅予的人生中，有两个重要的标签：成功的事业与不成功的婚姻。用他最后一任妻子王人美的话说："叶浅予是个好画家，却不是个好丈夫。他除了懂画，别的什么都不懂……叶浅予是个过于沉浸在事业里的人，当这种人的妻子，真不容易！"

叶明明，1934年出生，现居北京，叶浅予与第一任妻子罗彩云之女。叶明明自幼随继母戴爱莲习舞，从事舞蹈教学工作至今。她见证了父亲的几段婚恋，并替父亲为三位母亲养老送终。

父亲在自传《婚姻辩证法》里曾写道："在向孩子们叙述这段历史中，也提到另外几个插曲，表明自己在男女关系上是凭理智行事的。"

可我觉得，他在家庭生活方面并不是很上心，以至于伤过别人的心，也被别人伤了心。

妈妈觉得很伤心的时候，就带我去外婆家

罗彩云是我的生母。自我记事起，爸爸和妈妈就没有过恩爱的样子。他们的结合是上一辈做的主。23岁那年，爷爷在桐庐老家给爸爸定了亲。已经尝过自由恋爱滋味的爸爸，如何愿意？但他又犟不过爷爷，只好不情不愿地娶了妈妈。婚后，爸爸想让妈妈留在老家侍奉公婆。妈妈是一个千金小姐，不愿意受这般委屈，非要跟爸爸去上海，拗不过妈妈，爸爸便带她来到了大上海。

在上海，哥哥和我相继出生，却没给这个家庭带来更多欢乐的气氛。妈妈没文化，和爸爸没有共同语言。妈妈认为婚姻就是男人挣钱养活女人，所以到上海后，妈妈成了一个养尊处优的少奶奶，孩子交给奶妈，家务全靠娘姨，她自己除了逛街以外，整天泡在麻将桌上。我经常听到爸爸妈妈这样的对话："钱用完了，拿钱来！""辛苦钱来得不容易，省着点吧！"

再后来，最俗套的剧情上演了——爸爸迷上了女画家梁白波。颇具讽刺意味的是，梁白波的一幅漫画作品就是讽刺上海少奶奶的，名为《母亲花枝招展，孩子嗷嗷待哺》。妈妈知情后不甘示弱，劲头十足一心追踪打"小三"。那时我才满周岁，这一情景是长大后在父亲的自传里看到的。

那时爸爸曾提出离婚。可毕竟两人已经有了一双儿女，在赡养和情感上都是爸爸过不去的坎。离婚不成，只好分居。可是好景不长，这个感性、浪漫的才女因为无法接受"小三"的地位，不久就和"一位受人崇拜的空军英雄"有了交往，去追求她的家庭幸福了。

但即便梁白波离爸爸而去，他还是对她存有美好的印象，非但

原谅她的变心，还感叹"漫画界从此失去了一颗发光的彗星"。

遗憾的是，梁白波后来的结局也不美满——20世纪40年代她随丈夫去了台湾，20年后因精神分裂症在海滩自杀身亡。

梁白波走后，爸爸妈妈的感情还是如同死灰。印象中，妈妈此后的情绪一直很低落，像一个弃妇的样子。每次她觉得很伤心的时候，就带我去外婆家。我有时想，如果妈妈不是跟着爸爸去上海，而是在老家寻一门稳妥的亲事，也许她这辈子就不会那么痛苦了。

哥哥和妈妈的感情还不错，他成家后就把老人家接了过去。经哥哥劝导，妈妈最后还是松口和爸爸办了离婚手续。"文革"期间，爸爸被打成牛鬼蛇神，进了监狱。妈妈这个前妻也因此受到了牵连。没有得到过爸爸的爱，却因为他遭了那么多罪，妈妈她一个没什么文化的大小姐能不委屈吗？1975年爸爸从监狱出来，我告诉他说，妈妈已在几年前吞服了过量的安眠药，离开了人间。

我和戴爱莲是最能说上话的

在爸爸的三任妻子中，我和戴爱莲是最能说上话的。从某种意义上说，是她抚养我长大，并给予我艺术的熏陶，所以我心底里其实更愿意喊她妈妈。

爸爸和戴爱莲的结识是在1940年。当时以宋庆龄为首的保卫中国同盟邀请了一位从英国来港的华侨舞蹈家演出，希望爸爸在宣传方面给予支援。爸爸在他的自传中回忆说："这位舞蹈家身材矮小，却舞技娴熟。她操一口英语，中国话根本不会说。我这只有中学英语程度的人如何应付得了？没办法，只好通过打手势、画图画来交流思想。"

大约过了半个月光景，两人便开始谈情说爱了。再次陷入热恋的爸爸忍不住又幻想起"幸福家庭"来，生怕错失了她，便决定闪婚。他们在一个印度人家租到一间房，宋庆龄当主婚人。那一年，爸爸33岁，大了戴爱莲整整10岁。

婚后，爸爸把戴爱莲带回了老家。此时妈妈已经同意离婚。因为爸爸喜欢我，就要我跟他过，所以戴爱莲就成了我的继母。

戴爱莲是一个华侨，在国内没有亲人，所以她对我就像亲生女儿一样。可我一开始并不领情，对爸爸领回来的这个女人，我曾充满了敌意。戴爱莲对此却并不懊恼，总是不厌其烦地做她认为该做的事情。我夏天特别怕热，每天临睡前她都给我扇扇子，直到我睡着。那时我也不跟她讲话，但她给我扇扇子，我也不反对。我现在还清清楚楚记得当初戴爱莲给我买的一块花布，那个时候花布真是很稀罕的东西，她不是我生母，却因为我喜欢花布就给我买了。

知道她不能生育的事情后，我的态度才有了改变。戴爱莲和爸爸婚后不久查出有卵巢炎症，于是去香港做了个小小的妇科手术。孰料手术中出现意外，在来不及征求病人意见的情况下，医生把她的卵巢切除了。这场手术导致了戴爱莲永久不能生育。

戴爱莲对我的关爱及上海的都市生活，让我渐渐地淡忘了家乡的亲人，慢慢接受了她。戴爱莲除了在生活上关心我之外，还培养我对舞蹈的兴趣，送我去舞蹈学校。这点爸爸就做不到。

和她相熟后，我也就把她当自己的亲生母亲了。每次爸爸和戴爱莲有什么活动，总会带上我一起去，一家三口，和和美美的样子。

从性格上讲，戴爱莲和我爸爸极为相似，两人都是事业型的人，却又充满浪漫细胞。爸爸曾回忆说："我和爱莲在那几年就互相当对方的跟班了。她开表演会，我就给她打杂，当翻译、做饭、做舞台监制。而我忙碌时，这些事情又轮到她替我做。我们两人的关系就像一对跑江湖的夫妇，女的跳舞，男的击鼓。"的确，这样的个性，使他们在各自的艺术领域取得了傲人的成绩，同时也导致了婚姻的失败。

1950年秋末，爸爸受命参加民族访问团去新疆，一去就是半年多。冬天回到北京，冷不防戴爱莲忽然向他提出离婚。戴爱莲当面就对爸爸说："浅予，我已经不爱你了。"

爸爸在自传中写道："这真是晴天霹雳，我大吃一惊，问她为什么，她说她已经爱上别人了。我问那人是谁，他是来我们家住过的一位青年舞蹈家。1951年，我含着眼泪，与她办了离婚手续。"

我当时住在舞蹈学校里，戴爱莲住在舞蹈团里，家里就剩爸爸一个人。很长一段时间，他都闷闷不乐的。印象中爸爸是一个生活非常有规律的人，而戴爱莲是一个生活非常不规律的人。爸爸每天早起锻炼，按时吃饭，而她是困了才睡，饿了才吃。他们离婚后，我仍然经常去照顾戴爱莲，我不希望他们分开，因为只有爸爸最了解她，能和她进行精神上的沟通。

令人嗟叹的是戴爱莲的晚年。"文革"中，那个让她移情别恋的青年舞蹈家拿了她所有的钱款逃走了。她没有后代，以后就一直独居。2006年2月9日，戴爱莲因骨结核并发症与世长辞，享年90岁。爸爸早就在1995年过世了，所以那一年只有我为戴爱莲妈妈戴孝、守灵。她的葬礼上没有哀乐。

爸爸与王人美磕磕碰碰过了30年

我爸爸的最后一任妻子是王人美。他和王人美的婚姻持续的时间最长，他们结婚时我已经20多岁了，可以说是看着他们磕磕碰碰过了30年。

王人美是演员，没什么文化底子。她就像她扮演的农村女孩一样，是一个天真、简单的人。她之前和金焰的一段婚姻也是失败的。离婚后的王人美精神遭受了创伤，是北京的一个姐姐把她接了去，让她接受心理治疗，后来进了北京电影演员剧团工作。

她和爸爸是经朋友介绍认识的，两个过来人的目的都是组成家庭，重新开始生活。他们对彼此的性情脾气都不甚了解，但两人都是社会知名人士，有一定透明度。经过几个月交往，爸爸便直率地提出结婚要求。王人美开始有点犹豫，后来还是接受了。那时王人美41岁，比爸爸小7岁，她离开前夫已经10年，而我爸爸也已独居五载。经过几个月的交往，他们草草结了婚。

这样没多大感情基础的婚姻是不可能幸福的。结婚才一个月，两人就为一点儿小事顶撞起来，也不知是否因为曾经受过刺激，王人美一吵架就一本正经地提出要和我爸爸离婚。事实上两人都心高气傲，不愿面对彼此心有所属的事实——王人美情系金焰，而爸爸还深爱着戴爱莲。

尽管如此，王人美毕竟还是我的又一个妈妈。爸爸可以躲着她（他们于1986年秋季分居两处），我却有责任照顾她。1987年，王人美病倒了，成了植物人。爸爸那时在全国政协开会，由于会开得紧张，又为王人美的病情忧心，忽然觉得心脏隐痛，被送进了空军总医院。王人美是凌晨3点停止呼吸的。第二天早晨，我给爸爸打通了电话。我第一句话就是："爸爸，你有思想准备吗？"爸爸知晓了，一时无语。后来他在自传里写道："我躺在病床上，想着这位共同生活了30多年的伴侣，不由心中黯然，只能默默地祝愿她的灵魂获得解脱。"

王人美的单位派人处理了后事，我替这最后一个妈妈穿的寿衣。

王人美去世后，我猜爸爸其实很想和戴爱莲重结连理，我也有心撮合他们。有好几次我去戴妈妈家探望时跟她说："你看，你和爸爸一个住花园村，一个住东单，我要照顾你们还得两头跑。为了我省事，干脆你们搬到一块儿住算了。"她听了总是笑笑，也不言语。

我以为她大概是同意了，就买了几个柜子放在她家里，准备他们复合之用。可没过多久，她从国外回来找我谈话，很郑重地说："我不能和你父亲复婚，因为我心里始终忘不了我初恋的爱人。"

原来，戴爱莲那次去英国和她的初恋情人威利生活了一段时间。当时威利的夫人已病故，而威利也因此受到打击一病不起。在其子女的要求下，戴爱莲陪着最初的爱人走完了他人生的最后一程。

世上的事也许就是如此，我想爸爸心里也是很无奈的吧。

（《作家文摘》总第 1609 期）

父亲罗瑞卿在广州

· 罗 箭 ·

　　新中国成立，父亲罗瑞卿出任公安部长。一次毛主席和他谈话讲到苏联的教训，政治局委员基洛夫、古比雪夫都遭暗杀遇害身亡，连列宁都遭遇黑枪袭击，虽未当场身亡，但弹头带毒，致使列宁长达数年卧床不起，最后还是早早去世了。毛主席告诫父亲，中国一定不能出这样的事情，出了事你这个公安部长是交不了账的。中央首长的安全保卫工作，尤其是毛主席的安全问题始终是父亲关注的重点，不敢有丝毫的麻痹、懈怠。

　　可是越怕出事就越出事。时任华南局第一书记、广东省委第一书记、省长兼广州市委第一书记、市长的叶剑英元帅在广州于光天化日之下两次被国民党特务拦住开枪射击，幸未受伤，但已经震动了中央和毛主席，为此父亲受到毛主席严厉指责。父亲和公安部压力很大，叶帅和华南局也很不满意。广州地处南海前沿，基本没怎么打，国民党军队就撤退了，但留下了大批潜伏的特务，致使广州的社会秩序混乱，群众人心惶惶。

我们在明处，敌人在暗处，领导人偶尔被袭击不可避免，但连着两次却不得不令人深思。按说叶帅出行的时间和路线是高度保密的，叶帅又是个精明的人，行车路线经常临时变动。分析来分析去，大家意见趋于一致——有内鬼。面对中央的指责、华南局的不满，父亲坐不住了，只得亲自出马清理自己的队伍。

1951年1月22日，父亲以考察各地镇反工作的名义外出视察，从北京坐专列南下到了广州。到了广州已是2月份了，即将过春节了。为了遮人耳目，父亲南下还带了我的大妹妹峪田同行。

后来听同行的秘书说，到了广州，请省、市公安部门的领导到专列上汇报工作，先下了他们的枪，然后逮捕了当时广州市公安局的陈伯（布鲁）、陈坤两位副局长，就是著名的"二陈事件"。不久他们被押回北京，受到牵连的很多人也受到不同的处理，他们就是被怀疑的"内鬼"。但后来证明这是一桩错案，不但定性错了，而且牵连也太广了，许多人受了不白之冤。1979年中纪委正式下文"一风吹"，为二陈平了反，受牵连的许多人也恢复了名誉。

现在人们可以平静的心情回顾久远的历史，客观评价历史人物的功过。但事发的当时，情况错综复杂，受历史环境、政治气氛甚至个人恩怨、人际关系的影响，真相时隐时现，人们很难抓住它，做出错误的判断就不奇怪了。

刚刚接收广州时，留用了许多旧警察，甚至利用了一些愿意为我们工作的国民党特务人员，用这些"利用人员"组建"便衣队"，甚至还给他们发了枪、手铐及逮捕证。有些混入队伍的坏分子利用这个身份为非作歹。群众怨声载道，领导也不满意。而留用这些"利用人员"就是二陈的主意，并由他们亲自领导。对于批评意见他们根本听不进去，甚至抵制。留用人员发挥了作用，也惹下了不少祸害，引起了一定的民愤，把二陈打成敌人、内奸显然是错误的，但他们工作中的错误也是不能推脱的。

父亲处理完二陈的事情离开广州，取道南昌、杭州、上海回京。我当年正在庐山上的四野干部子弟小学上学，中南地区公安部长钱宜民叔叔派人把我接到了南昌等着我的父亲。在南昌见到父亲时，也见到了妹妹峪田和另一位妹妹邓金娜。金娜是邓发伯伯的女儿，出生后被放在苏联伊万诺沃国际儿童院，长期和父母分离，新中国成立初期从苏联回国回到母亲陈慧清阿姨的身边。陈阿姨在广州工作，金娜在苏联长大，不习惯广州闷热潮湿的气候，加上语言障碍和母亲沟通很少，关系多少有些紧张。看到父亲带着峪田，父女关系融洽亲热，而且峪田和金娜年岁相近，陈阿姨萌生了让父亲把金娜带到北京上学的念头。邓发伯伯长期担任国家政治保卫局局长，父亲在红一军团、红一方面军任政保局长，应是邓发伯伯的战友和下级，彼此相熟、相敬。邓发伯伯1946年4月8日乘飞机由重庆回延安撞上了黑茶山，与叶挺、王若飞、秦邦宪等人不幸遇难。陈阿姨一人带金娜姐弟两人确很困难，父亲就同意带金娜回北京了。

1959年庐山会议后，林彪取代彭德怀主持军委日常工作，我父亲又回到了军队任总参谋长，身上的担子一下子重了。1960年1月军委在广州召开扩大会议，许多老帅到了广州，因为正是放寒假的时候，妈妈和孩子们也跟着到了广州。春节来临，爸爸妈妈带着我们去给各位老帅伯伯们拜年，最先去的就是林彪家。林彪出生于1907年，比父亲小一岁，按说我们应该叫"林叔叔"，但父亲反复交代见了面一定要叫"林伯伯"，对于父亲的反复交代，妈妈都有些不以为然。到了林彪的住处，见了林伯伯，我们就赶快出来了，倒是叶群对我们特别热情，拉着妈妈和我们又说又笑，还抱着小弟弟妹妹，又亲又吻的，连连说："总长呀！你看看你们家孩子多好呀，活泼可爱。我们老虎和豆豆守着个病人，在家连大声说话都不敢，真可怜！"

1962年2月，又在广州开军委扩大会议，全家又一次来到广州，住在刘园。因为是寒假，各家的孩子们也都来了，一时间刘园内外很是热闹。一天早上，我在院子里听到有人喊我，抬头一看是谭政叔叔的爱人王长德王妈妈。这时谭政叔叔因受彭德怀问题牵连已经靠边站了，说他是彭德怀的漏网分子。1962年"反右倾"已传达到基层，我们已知道彭德怀反对毛主席的路线、反对三面红旗，不知开了多少次批判会了。因此犹豫半天还是没有上楼去看王妈妈。想着她失望而无奈的眼光，我多年来一直在心底深深地内疚。历年来反复的政治斗争连一个青年的纯净心灵都受到了污染，丧失了最起码的亲情和同情。

会议结束后，爸爸妈妈带着我们去海南岛旅游，叶群让妈妈带上老虎（林立果），老虎和我的弟弟罗宇是北京男四中同班同学，很乐意跟我们一家上了海南岛。到了三亚住鹿回头招待所，见到了他的姐姐豆豆（林立衡），她好像一个人，只有一个女服务员陪着她，孤孤单单很不快活的样子，但又不愿意和我们一路。老虎悄悄说，让她天马行空吧！老虎那时还是个普普通通的高中生，纯净的青年，谁想到几年后他却成了"文革"中叱咤风云的人物，而最后落得个折戟沉沙的悲惨命运。

（《作家文摘》总第1672期）

警卫所知道的——林彪出逃前后

·吕学文·

　　我 1965 年 11 月入伍，新兵训练结束后，被分配到中央警卫团 8341 部队卫生队，1967 年 4 月调入二大队 6 中队。二大队是时任中央军委副主席、国防部长林彪的警卫部队。1968 年 5 月，我被任命为 6 中队一分队队长，是林彪的"随卫"警卫员。1969 年春，我参与了国防部长办公室（简称林办）机关工作，除了跟随做警卫工作外，还是"林办"主任叶群的游泳教练，并负责她的游泳安全。

叶群的反常变化

　　1970 年 9 月九届二中全会在庐山结束后，林彪和叶群于 9 月 7 日早晨离开庐山，直接回到了北戴河 96 号楼。

　　一年多来，林、叶绝大部分时间住在这里。林的性格是寡言少语、深居简出，其身体状况是怕风、怕光、怕水。回北戴河后，他更是整天把自己"锁"在屋里，极少有人见到他。叶群像变了一个人，往日趾高气扬、见谁批谁的态度和做法，有了很大的收敛。对这些变化，我们并没感到很大意外，我们知道他们在二中全会上受到了毛主席的严厉批评，他们心情不好是自然的。

但是，1971年8月，他们有了更加反常的变化。一是叶群的电话特别多，她往林彪屋里跑得特别勤，时间特别长。林彪以前喜欢一个人待在屋里，任何人进屋都必须报告完后迅速离去。二是林的汽车司机杨振刚一天几次修车、试车。该车是"保险红旗"轿车，即防弹玻璃车，是当时国内一流轿车，并不需要天天试车。三是林出逃前几天的一个晚上，大约11点多，我正陪叶群在室内游泳池游泳，林立果突然闯入室内，情绪非常紧张。叶群一见儿子"破常规"地闯进来，显得有些吃惊，她马上问我："小吕，你懂不懂俄语？"我立即回答："我什么语也不懂。"于是，他二人开始了咿哩哇啦的对话，我虽然听不懂他们对话的内容，但从他们那声调、表情和不断挥手的动作看，两人争论很激烈。最后，林立果愤怒地转身离去，叶群也中断了游泳，并冷冷地对我说："最近几天，我不游泳了，你也不用准备了。"这使我猜测到，近几天可能有大事。四是林、叶突然把儿子林立果（乳名老虎）、女儿林立衡（乳名豆豆）及林立衡的未婚夫张清林（军人）等一齐召到了北戴河，此类事情以前是从未有过的。

最最引起我们怀疑的是，叶群的一些自相矛盾的言论和行动。一方面，她在工作人员中说，"首长想动一动"，"要利用坐飞机运动运动"，"女儿在国庆节要结婚"，"国庆节前回北京"等等，让人觉得林彪这里一切正常，太平无事；可另一方面她又让人从北京取来大批文件和生活用品，并出现了非常紧张的表情，有人听到她在林彪房间里哭泣。

紧急部署，进入战备状态

9月13日上午，在8341部队第二大队队部里，林立衡先后向姜大队长和张洪副团长报告了紧急情况，她说，"从我偷听和观察到的情况看，老虎和主任要把首长带走，他们可能要逃跑。老虎在外边干了不少坏事，他还说要谋害毛主席，害不了就跑。你们赶快向北京报告，不要让他们上飞机跑了——今天下午，林立果已经从北京带回一架256号三叉戟飞机，现在停在山海关机场。"林立衡要求姜大队长把她藏起来，并进行严格保密，决不能让叶群他们知道她来过这里。姜大队长毫无迟疑，立即打电话向北京作了报告。后来才知道，她先报告了中共中央办公厅的张、汪主任，并由汪东兴报告了正在开会的周恩来总理。

姜大队长接到北京指示后，立即叫来中队长肖启明，和他一起召开了有关人员紧急会议（我也参加了会议），一方面布置隐藏林立衡，一方面命令警卫队进入战备状态。

叶群好像感觉到了什么，她几次到电影场察看，当她看到首席位上只有张清林，没有林立衡时，立即过去查询，并派工作人员四处寻找。林立果还亲自到外边找林立衡。他转了个小圈以后，匆匆赶回了96号楼，他可能发现了警卫部队的异常行动。林立果回去后大约半个小时，警卫人员看到，林彪、叶群、林立果和林彪的秘书、警卫队长李文普上了汽车，随后，司机杨振刚开车，快速驶上了向南的大道。当时我在第一道防线，十多名战士又打手势又叫喊："停车，停车！"可是，汽车直接向"人墙"冲去。中队长肖启明在第二道防线，他见汽车冲过第一道防线向他们冲来，在喊"停车"无效的情况下，横着（防止伤害首长）向司机开了枪。他想用击毙司机的手段，达到拦住逃车的目的。可这是防弹车，子弹根本打不进去。汽车开出七八十米后，突然来了个急刹车，紧接着车上的李文普跳了下来，并向车后跑了几步，他好像还向后面喊了几句什么话，接着车上有人（林立果）就向他开了一枪，接着又打了好几枪，李文普应声倒下。汽车风驰电掣般消失。

此时，姜大队长让中队长肖启明带着我们一中队的六七名战士，乘上一辆"吉姆"车去追林彪的汽车，他带着30多名战士乘一辆卡车随即追去。我在第一辆"吉姆"车上，过海边大桥时，我们看到了林彪车的影子，司机加大了油门，拼命向前追去。快追到山海关机场附近的铁道口时，铁路值班房已放下栏杆，横在南北的通道上，示意将有东西向火车通过。可是，林彪的车撞断栏杆，飞驰过去。当我们的车赶到铁道口时，一辆拉油罐的火车隆隆地开了过去。我们的汽车灯光前，一片尘土。当我们追到山海关机场时，林彪乘坐的三叉戟飞机刚刚起飞。此时，大约是零点30分左右。

进入机场以后得知，这架飞机的驾驶员是航空兵某师的副政委潘景寅。由于飞机起飞十分仓促，油未加，副驾驶员和报务员也未来得及上飞机，在没有夜航灯光和一切通讯保障的情况下，飞机在一片漆黑中强行起飞了。原来说飞往广州，现在是向北面方向飞去，到底飞往何处就不清楚了。当时在场的副驾驶们就下结论说：这架飞机完了，上去就下不来了。他们的依据是：第一，三叉戟降落时，必须正、副驾驶员一起操作，正驾驶操纵整个机体，副驾驶放下"脚架"，以保证飞机降落时机体的平衡，才能确保飞机安全。但现在只有正驾驶，飞机降落时无法放下"脚架"，着地时无法保证机身的左右平衡，不是损坏机身，就是引起油箱着火、飞机爆炸。

第二，如果飞机出了国境，因为没有报务员，不能与他国机场联系，非被人家当"敌机"击落不可。

事实正如他们判断的一样，林彪他们乘坐的256号三叉戟，于13日凌晨2时左右，在蒙古国肯特省贝尔赫县境内坠毁，机上9人全部遇难。

（《作家文摘》总第1729期）

汤氏家训下的三代书生

·吴亚顺·

国学大师汤一介去世后，弟子和家人在他的墓前树起"汤公三代论学碑"。排列在最前面的，是汤霖所写"事不避难，义不逃责，素位而行，随适而安"。正是这一饱含儒家思想的家训，如一根若隐若现的文脉，跨越百年沧桑，串联起汤氏三代知识分子的人生命运。

汤霖：吟诵《哀江南》

"汤氏家训"写于宣统三年，即1911年。汤霖六十岁生日时，学生们送来一幅《颐园老人生日讌游图》，以示庆贺，他后来题写了一篇"自序"。汤霖说，"虽然事不避难，义不逃责，素位而行，随适而安，固吾人立身行己之大要也"，并强调，"时势迁流，今后变幻不可测，要当以静应之……毋戚戚于功名，毋孜孜于逸乐"。

这一年，正是武昌城枪响，辛亥革命爆发，革命之势风起云涌。次年，民国建立，清朝垮台，"三千年未有之大变局"达到高潮。写"自序"时，汤霖尚在北京，想着回乡终老。

汤一介几乎没有听父亲跟他谈起过祖父汤霖。1957 年"反右"，汤一介产生了一种"悲观情绪"，有一天在香山，问到祖父的情况。汤用彤只是说，汤霖做过几任县官，为官清廉，晚年开办新式学堂，"平日爱用湖北乡音朗诵庾信的《哀江南赋》和《桃花扇》中的《哀江南》"——前者写尽丧国之痛，后者描述的是南明亡国后南京惨状。

"我想，祖父为什么常吟诵《哀江南》和《哀江南赋》，是看到清王朝大势已去，而此对读书人说'行身立己'实是最为重要之问题。"在新近出版的遗作《我们三代人》中，汤一介如是写道。

事实上，抗战前后，汤一介几乎每天都能听到汤用彤在无事之时，用湖北乡音吟诵《哀江南》；小时候睡午觉，汤用彤总是轻轻拍打着女儿，吟诵它。在汤一介看来，"像我父亲这样的知识分子有着'忧患意识'大概深深地根植于其灵魂之中"。汤一介同样喜爱诵读，甚至连已加入美国籍的儿子汤双也会吟诵，孙子汤柏"也能哼几句"，只不过，对他们来说，"大概已成为无意义的音乐了"。

在汤霖写"家训"的同年，汤用彤进入清华留美预备学校，此前就已入读当时新式的顺天学堂。这都是汤霖的主张，他"教书授徒"时，也"日举中外学术治术源流变迁兴失"，关注当时思想潮流——这使得汤用彤不仅有国学基础，还能掌握西方文化。

汤霖如此，其妻同样开明。汤用彤对汤一介说："我上清华，当时坐不起车，只能步行，来回几十里，每月总得回城里看望你的祖母几次，否则她会骂我'不孝'。但她思想很开通，我考上了留美预备班，要到美国去四五年，她不但没有阻拦，反而说不要恋家，学成再回来。"

汤用彤：“自由精神”的承继

1922年初，已在哈佛大学获得硕士学位的汤用彤接受吴宓的邀请，到东南大学任教。

1931年，汤用彤转任北京大学教授，此后一直在北大工作，任哲学系主任近二十年。汤用彤向来主张“融会中西”，据学者冯契回忆，“他一个人能开设三大哲学系统（中、印和西方）的课程”，讲课时“视野宽广，从容不迫”。有时，刚结束魏晋玄学的课程，他立即带领学生进入“英国经验主义”。既吸收外来文化，又深入中国传统文化，这种做法被认为突显了中国文化的主体性，有利于中华民族“自我身份”的重新建构，从大众层面来说，它有功于维持北大的“特殊之精神”，即从蔡元培开始倡导的“自由研究”“兼容并包”的精神，形成了一种氛围。

汤用彤的传世之作，包括《汉魏两晋南北朝佛教史》《魏晋玄学论稿》《隋唐佛教史稿》等，都发表于来北大工作后，影响深远。

尤其是《汉魏两晋南北朝佛教史》，汤用彤为了写作这部书，六七年时间“几乎每晚都一两点才睡”，让汤一介很是心疼。该书成为中国佛教史经典著作，胡适评价“此书极好”，贺麟则认为：“写中国哲学史最感棘手的一段，就是魏晋以来几百年佛学在中国的发展，许多中国哲学史的人，写到这一期间，都碰到礁石了。然而，这一难关却被汤用彤先生打通了。”

汤用彤自己也颇为自信。1942年，当时的教育部授予《汉魏两晋南北朝佛教史》最高奖，他很不高兴，对朋友们说：“多少年来一向是我给学生分数，我要谁给我的书评奖呢！”然而，1949年后，汤用彤却对它展开"自我批评",称"没有能够认识它(指佛教)是麻醉人民的鸦片"。他不再任教,"有职无权",有一段时间改任北大副校长,分管基建,这是他完全不懂的领域,仍然时常拄着拐杖去工地察看。

1963 年"五一"劳动节,汤用彤登上天安门观赏焰火,受到毛泽东、周恩来的接见。次年,汤用彤病逝。他断然不会想到,"文革"爆发后,他被扣上"资产阶级反动学术权威"的帽子。他的儿媳、汤一介妻子乐黛云,在某篇文章里写道:"我真是从心里庆幸他已于 1964 年离开这个他无法理解的世界。"

汤一介:何处惹尘埃

1943 年春,汤用彤之子汤一介在西南联大附中读初二时,同学余绳荪拿来一本《西行漫记》,"大家一起读",越读越感兴趣,虽然对"革命"一点不懂,但觉得延安"一定很有意思"。余绳荪提议不如去延安看看,于是,汤一介从家里偷了一支金笔、一个金表等,另一位同学偷了副金镯子,卖了一部分,五六个人相约而行。结果,到了贵阳就被抓了起来,关进了警备司令部。

被教务主任接回昆明后,汤用彤并没有责备汤一介,而是联合几位家长写信给校长,"对联大附中提出了批评"。多年后,谈及这段"西去延安"的经历,汤一介说:"正是由于我没有去成延安,我才有机会在北大念书,也才能在北大遇到乐黛云,我们才能结合在一起……"

"文革"中,汤用彤珍藏的成套佛经,每函被抽出一本检查,有去无回。十年间最窘迫的时候,汤一介卖掉父亲送他的一套武英殿版《全唐文》，得到六百元，他还不时"呆呆地看着那一格空荡荡的书架"，"满脸的凄惶"。

"文革"前后，汤家和冯友兰家是邻居。冯作为"反动学术权威"，目标很大，每次被批斗时，汤一介往往也要"陪斗"。他最怕冯支持不住，由凳子上掉下来，没想到"却像一块磐石一样，站着一动不动"。"文革"后问起当时的想法，冯说："当时我什么也没听见，心中默念，菩提本无树，明镜亦非台，本来无一物，何处惹尘埃。"两人相对大笑。

1973年，刮起了一场所谓"反右倾回潮"风暴，汤一介担心再次受到批判，正好北大相关部门要把一些"熟悉孔孟之道"的教员调到"北大、清华两校大批判组"中，便"很高兴"地加入进来。没想到，掉进了"梁效"这个深渊。

因为有躲过批判的"私心"，在"两校大批判组"，汤一介很卖力。另一部分人"批林批孔"，他和学者周一良等人，主要编材料，包括参与《林彪与孔孟之道》的编写，有时到各处去宣讲。江青曾让他们到林彪住所查看他的图书，要找一些所谓"复辟资本主义"的话，却发现其藏书竟有七万多册，使他们"吓一跳"。

在"批判组"，汤一介和其他人一样，都在"紧跟""迎合"。1976年，毛泽东去世。他第一个想法是，"我们不知应该跟谁了"。随着"四人帮"的倒台，他被没完没了地审查，两年后，"渐渐地有了一些领悟"，到80年代初，"较为彻底觉悟了"。

这段历史，汤一介几乎不在人前提起。在遗作《我们三代人》一书中，他开篇即说"自己也不能原谅自己"，接着用1.2万字的篇幅首次诉说个中细节，连乐黛云都大感意外。

1983年，汤一介出版了《郭象与魏晋玄学》，旨在破除唯物主义和唯心主义"两军对垒的模式"。此后，《魏晋南北朝时期的道教》《中国传统文化中的儒道释》《儒教、佛教、道教、基督教与中国文化》等纷纷面世。晚年，汤一介最投入的是《儒藏》的编纂工作，主持这项全面收藏儒家经典的巨大工程，他形容自己"非常小心，战战兢兢"。

2014年1月，汤一介还结集出版了《瞩望新轴心时代》，从西方文化反观中国，学者杜维明评价他，"为21世纪中国哲学的全球化谱写了发人深省的乐章"。正是在该书发布会上，他觉得自己"一生中间最有创造力、思想最活跃的时间被浪费了"，希望"这样的问题不要再发生"，因而接连强调要"让大家自由思想，让大家自由讨论，让大家自由发挥潜力"。

当年9月，汤一介去世。紧跟祖父、父亲，他的墓碑上镌刻着："确立中华民族文化的主体性，使中国文化在21世纪的反本开新中，汇通中西古今之学，重新燃起思想的火焰，这是当代中国哲学家的责任。"

对于"生死"，大概在二十岁时，汤一介就参悟过。在一首题为《死》的小诗中，他写道："春天死了/来的不是夏日/母亲生我/在世上必增加一座坟墓。"

（《作家文摘》总第1906期）

1972年中日恢复邦交幕后

·周 斌·

1972年9月，上台不到80天的日本首相田中角荣访问中国。两国签署《联合声明》，恢复了邦交。这场重大外交行动是周恩来总理亲自部署、直接指挥的。

竹入传话

1972年7月7日，也就是卢沟桥事变35周年那一天，田中角荣当选自民党总裁，登上了首相宝座。田中一上台，就派好友、公明党委员长竹入义胜来北京与中方商谈如何实现日中关系正常化事宜，摸清中国的条件与"底线"。

竹入到北京后，周恩来会见了他，称他为中国人民的好朋友。作为翻译的我记得，周总理主要谈了以下三个问题：一、关于赔偿。他说，中国人民有充分理由和权利要求日本作出相应的赔偿，但从两国人民应该而且能够世世代代友好下去这个基本信念出发，愿意放弃索赔要求。不过必须说明，这与1952年台湾蒋介石集团与日本签订所谓"日华和约"时宣布放弃索赔要求没有任何关联。

二、日本必须承认、接受中国提出的"政治三原则"，即中华人民共和国政府是代表中国的唯一合法政府、台湾是中国领土不可分割的一部分、"日蒋条约"是非法和无效的。

三、中国不会以日本必须终止日美同盟、废除日美安保条约为中日复交的先决条件，但同时，日美两国之间的协议不应该损害作为第三方的中国的利益。

竹入表示完全赞同周总理所谈内容，只对"政治三原则"中的"日蒋和约是非法、无效的"这一点，表示田中很可能难以接受。因为日本现行的政治体制是"三权分立"，行政当局不可能、更无权宣布20年前经国会讨论、通过的任何一项条约非法、无效。对此，周总理表示理解，说在日本承认、接受"政治三原则"的前提下，可以通过友好协商找到双方都能接受的表述方式。

竹入访华后，田中下定了决心。经协商，两国政府同时宣布，应中国政府邀请，日本国首相田中角荣定于9月25日至30日访问中国。

两起风波

田中来访前十天，分别指派自民党副总裁椎名悦三郎去台湾，向蒋氏父子做解释；指派自民党小坂善太郎、江崎真澄等31名资深国会议员来北京，为自己访华打前站、造声势。

椎名到台后，竟几次宣称，田中首相此次北京之行，并不像一些媒体报道的那样，会抛弃交往多年的台湾老朋友，只会在维持与台湾现有良好关系的条件下，寻求与中共改善关系的可能性。

周总理通过外媒知悉这些言论后非常愤怒，连夜把小坂、江崎一行请到人民大会堂，严厉地询问：椎名这次去台湾，是个人行为，还是代表日本政府？如果是个人行为，他为什么自称是政府特使？他在台湾散布的"两个中国"的谬论，是他个人看法，还是代表田中首相？希望各位如实作出回答。

客人们竞相发言。有的说椎名是日本政界亲台派的代表人物，他嘴里肯定吐不出象牙。有的说报道椎名访台的这几家媒体大都倾向台湾，不能排除它们有意"添油加醋"。更多的人则强调说，田中诚实守信，许多年来从未在人前背后讲过一句恶意攻击中国的话语。

按理说，这次波折到此就解决了，但第二天下午发生的一件事情，令接待班子惊出了一身冷汗。就在送行晚宴前两小时，外交部礼宾司司长韩叙突然召开紧急会议，异常严肃地宣布，外交部刚接获一个重大讯息：前来出席晚宴的日本代表团中有人身上藏有"暗器"，企图借机在北京制造一起暗杀事件。

为了以防万一，接待班子还是商定了几条预防措施：一是将晚宴上负责端茶上菜的人民大会堂女服务员一律换成8341中央警卫团的男性人员。二是极力劝总理改变常去其他餐桌致意、干杯的习惯，如实在要去，主桌翻译必须随同前往，与前去餐桌的翻译一起，确保总理安全；其他餐桌的客人主动来主桌致意、干杯时，主桌翻译必须独自确保总理安全。

当晚，周总理确实未去其他桌敬酒，但其他桌的客人纷纷来主桌敬酒。

整整三个小时，担任主桌翻译的我一直高度紧张，从未动过筷子，只喝了几杯饮料。结果，没有发生任何意外。总理离去前，拍拍我的肩膀，说了一句：小伙子，辛苦啦。

惹大麻烦的"添了麻烦"

1972年9月25日上午11时30分，田中首相的专机抵达北京机场。周恩来、叶剑英等中国领导人缓步靠近舷梯。由于两国没有外交关系，所以机场没有鸣放礼炮，也没有出现群众热烈欢迎的场面。周总理亲自把田中送到钓鱼台国宾馆18号楼（当年2月尼克松总统来访时也下榻这里），并陪客人一起进了一楼的会客室。

田中首相是一位极富传奇色彩的"草根总理"。他是日本新潟县一户普通农民的儿子，乡间土木工程专科学校毕业，亲友中没有任何政经界资源，全靠个人奋斗。这在论资排辈盛行、异常注重学历的日本社会，不能不说是一个奇迹。

当晚，在周总理举行的欢迎宴会上，田中致答辞时讲了一句话："我对日本过去给中国人民添了许多麻烦，再次表示反省之意。"此言一出，全场反响强烈。与会中方人员纷纷摇头，表示不满，感到疑惑。宴会气氛突然由热转冷。

周总理一直在沉思，宴会结束时，只对田中说了一句：明天上午会谈时，我将详细说明中国的立场和态度，希望贵方考虑、研究。

第二天上午的正式会谈进行了三个小时，周总理一口气讲了近一个小时。我记得，他着重讲了三层意思：一、汉语中，"添了麻烦"只是在人们日常相处时有轻微过失时用，日本军国主义发动的侵华战争给中国人民造成了深重的民族灾难，绝不能用"添了麻烦"这句话搪塞过去。二、坦率地说，中国人民特别是中老年人都十分关注你们这次访华以及我们双方进行的会谈，他们极无可能接受"添了麻烦"这个说法，反而会引起强烈的反感。三、中方已作了许多努力，包括主动放弃索赔要求，这就希望你们能与我们相向而行，对日本过去所犯的严重罪行作出明确、清晰的表态。

总理进行长篇发言时，日方人员一直低头听着，既没有进行辩解，也没有表示接受。田中最后只说，如果中方有更适当的词汇，可以按中方的习惯修改。

次日，双方讨论中国提出的对日"政治三原则"时，日本代表团主要随员、外务省条约局局长高岛益郎第一个发言。他对头两项政治原则没有表示异议，但对第三项原则，即中方认为"日蒋和约"是非法、无效的，说了一大段话，中心意思就如竹入义胜所说。

周总理耐心听着，高岛发言一结束，他就立即质问田中：这位局长刚才讲的，是代表他个人，还是代表日本政府？如果是后者，那就表明你们不是为了解决问题，而是为了吵架来到北京的。请问是你们日本的国内法重要，还是我们双方需要解决的政治原则问题重要!?

对此，日方依然是低头听着，无人言声。接连两次会谈都不顺利，整个日本代表团意气消沉，情绪低落，安排他们去游览故宫博物院，也高兴不起来。

毛泽东出面

就在这个关键时刻，毛泽东出面，在中南海会见了田中首相、大平外相和二阶堂官房长官。

会见气氛十分轻松。毛泽东第一句话就问田中角荣，他（指周总理）与你吵架吵完了吗？他没有为难你吗？田中回答，没有，没有，周总理和我谈得很好。同时，有时候也是"不打不成交"呀。

毛主席又问大平正芳，他（指姬鹏飞外长）没有欺负你吗？大平回答，没有，没有，我们是在友好的气氛中交换意见的。

接着毛主席又对田中说，他（指廖承志）是在你们日本生、日本长的。你这次回国时，就把他带回去吧。田中笑着回答，廖先生在日本很有名气，日本各地都有他的许多朋友。如果他愿意参加参议院全国区选举，肯定会高票当选。

临别前，毛主席向客人赠送了《楚辞集注》，并诙谐地说：我不会在人世间停留太长时日，不久就要去见马克思了。

这次会见是礼节性的，没有涉及任何实质问题，但会见本身就清晰地传递了一个最重要的信息：中国是真心实意欢迎他们来访，真心实意希望实现两国关系正常化的。但下一步怎么走，得看日方的行动了。

最后谈判

9月28日的日程是游览长城。中方的安排是：第一辆车，由姬鹏飞外长陪同田中；第二辆车，由北京市革委会主任吴德陪同大平；第三辆车，由韩念龙副外长陪同二阶堂。

大平知悉后，即向中方表示，现在双方在会谈中出现严重分歧，而这次访问留下的时间已经不多，所以希望能与姬外长同坐一辆车，以便利用往返时间充分交换意见。周总理听说后表示，这是一个好建议。

于是，姬鹏飞外长改坐二号车，与大平分坐后排两侧，我坐在中间。前排是司机和中方的贴身警卫。我记得，汽车一启动，大平就十分坦诚地讲了很长一段话。

他说："虽然不能全部满足中方要求，但我们愿意作出最大限度让步。没有这种思想准备，我们是不会来中国的。既然来了，我们就会豁出自己的政治生命、以至肉体生命来干的。如果这次谈判达不成协议，田中和我都难于返回日本。右派会大吵大闹，兴风作浪，党内也会出现反对呼声，逼田中和我下台。田中和我都是下了决心的。这些都请你如实报告周总理。至于中国'政治三原则'中'日蒋和约'的表述方式，也请周总理谅解我们的难处。我一定会想出双方都能接受的办法。"大平外相说这番话时，眼含泪花。

当天晚上10时，两国外长在国宾馆18号楼底层会议室举行最后一次会谈，逐条敲定《联合声明》。《联合声明》共9条，具体内容已全部达成协议，只空着前言中的一段话，即对日本侵华历史如何表述，用什么语言替代"添了麻烦"。

时间一秒一秒过去，两位外长依然你看看我，我看看你。这时，我看见大平外相从上衣口袋里取出一张纸条。他说："姬部长，这是我方所能作出的最大限度的让步。"

他念道："日本方面痛感日本国过去由于战争给中国人民造成的重大损害的责任，表示深刻的反省。"日方翻译随即将它译成中文。姬部长要求大平外相将纸条递过来看看，并命令我一字一句正确无误地再给他翻译一遍。我照样做了，并说日方翻译没有差错。

姬部长听完后，陷入长时间沉思。过了一会儿，姬部长建议休息10分钟，中方再作回答。后来知道，周总理那天晚上也在国宾馆休息，姬部长是去向他禀报的。大约15分钟后复会。姬部长表示，就采用大平外相的建议吧，并说这是中国政府的最后态度。问题终于解决。

关于另一个悬案，即如何把"日蒋和约"写进《联合声明》，最后商定《联合声明》中不提此事，而以日本外务大臣谈话形式体现。

1972年9月29日上午10时，《联合声明》由两国外长共同签署生效。签字仪式一结束，大平就去民族文化宫会见众多记者。

他一开始就大声宣布：虽然两国《联合声明》中没有提及，但日本政府的见解是，作为日中关系正常化的结果，"日华和平条约"已经失掉存在的意义而结束了。

"强有力的对手"

签字仪式结束后，按照原定日程，田中首相一行将于当天下午2时前往上海参观、访问。但这时，日方内部又起纷争。田中表示自己十分劳累，不想再去上海了。其实，他是认为日中关系正常化的目的既已达成，也就无需再去上海了，他满脑子想的，全是下一步如何应对国内政局。8年前就当过池田内阁外务大臣的大平懂得国际交往的规矩，觉得这样做全然不顾主人的脸面，十分不妥，不断地劝说田中改变主意。

两人尚未取得一致看法时，周总理对田中说：我们共同完成了一大使命，待一会儿我陪你去上海参观、访问。此举出乎田中意料，他一再表示感谢。接着又说，他希望乘坐周总理的专机飞往上海，让自己的专机先飞上海等着。

周总理笑着说，我的专机是苏制伊尔18，比较陈旧，舒适度也远不及你的美制DC8专机，就算了吧。田中表示，他不在乎什么型号的专机。鉴于大平君和姬部长的"车中会谈"非常成功，他自己也迫切希望能与周总理举行一次"机上会谈"。就这样，田中、大平、二阶堂三人乘上了周总理的专机。

当晚，上海举行了欢迎、欢送宴会。田中的话特别多，多次强调这次访问圆满成功，最大的功臣是周恩来总理。

后来田中角荣和大平正芳（后也担任过日本首相）回忆起这段经历，都对周总理尊敬有加。大平称他是伟大的政治家、极强的外交家和超人的行政家。"在正式谈判中，周总理是一位强有力的对手。他既能坚持原则，寸步不让，又能换位思考，适时作出妥协。"

田中角荣则谈到，毛泽东、周恩来都是在生死线上奋斗过几十年的创业者，是完全可以信赖的，也是谈得拢的。所以要趁他们还健在的时候，完成恢复邦交这件大事。

（《作家文摘》总第 2048 期）

百年前的中国海军外交与护侨

·张军锋·

"海圻"号巡洋舰是甲午海战后清朝购买的一艘极具传奇色彩的战舰，素有"海上王"和"天朝海军第一舰"之称。北洋政府时期一度官至海军总长的前清海军名将程璧光，曾亲自赴英国监造了这艘著名的战舰，并成为它的首任舰长。

剪辫子

1910年，英国国王爱德华七世病逝，其子乔治五世继位。英国定于1911年6月22日举行加冕庆典和盛大的海上阅兵，并邀请了包括中国在内的18个国家的200余艘军舰参加。

1910年12月，清政府决定派贝子衔镇国将军载振为"头等专使大臣"前往英国致贺。同时，指示海军选派人员和军舰参加。1911年3月初，海军大臣载洵推荐巡洋舰队统领程璧光率领"海圻"巡洋舰前往。清政府予以批准。

清政府派"海圻"号远航，还有另一项重要外交使命，即访问美国和墨西哥。1908年美国舰队环游世界时，曾在厦门受到中国海军的优待。事后，美国海军部多次邀请中国海军回访美国，一直未能成行。此次"海圻"号前往英国，正好可以借此机会实现访美。而前往墨西哥，是因为那里发生了严重的排华事件，中国驻墨公使请求派军舰前往保护华侨。

接到清政府海军部安排不久，因特使载振决定乘火车走陆路前往欧洲，"海圻"号便由程璧光直接带领赴英。

在当时清政府官员权贵的眼中，"海圻"号可谓"镇海之宝"。尽管兵微将寡，但朝廷里的达官显贵们却迫不及待地要拿海军作为外交使节。其规格之高，兴办之隆，在清朝260多年的外交史上也是绝无仅有的特例。

在从新加坡驶往科伦坡的途中，程璧光置天朝律令于不顾，在后甲板集合全舰水兵，下令一律剪掉拖在脑后的发辫，以符合世界潮流。此举获得全体官兵的一致拥护。这一令人瞠目的举动，似乎为日后全体官兵毅然易帜埋下了伏笔。

墨西哥护侨

"海圻"舰沿途先后访问新加坡、科伦坡、亚丁、塞得港和直布罗陀五大海港。"海圻"舰赴英途中，墨西哥的排华暴乱升级。

最早进入墨西哥的华人是在西班牙殖民者的马尼拉大帆船上执役的中国船员。17世纪前，很少有华人定居墨西哥；17世纪后，在墨西哥首府墨西哥城才出现屈指可数的几个华人银匠和剃头匠。19世纪初，旅居墨西哥的华人还很少，但在19世纪后期的20多年内，由于迪亚斯总统实行鼓励外国投资和移民垦殖政策，并于 1899 年和中国清政府签署了友好通商条约，于是许多华人涌入墨西哥。

进入墨西哥的华人最初多在铁路、农庄和矿山劳作，或以洗衣为业，后转而从事日用百货、蔬菜的批发和零售，成为较为殷实的商户。他们在墨西哥组织中华商会，同时和美国华商保持着广泛的商业信贷联系。他们大部分定居在墨西哥北部诸省，包括托雷翁城。

托雷翁城华人的勤奋和财富引起了当地墨西哥人的嫉恨和不满。1911 年 5 月 5 日，一位名叫赫苏斯·弗朗里斯的墨西哥人在邻近托雷翁的城市戈麦斯帕拉西奥发表街头演讲，指责华人不仅抢了墨西哥人的饭碗，还在赢取当地妇女的感情方面都是危险的竞争者，并号召墨西哥人驱逐华人。弗朗里斯的反华演讲为此后不久发生在托雷翁城内的大屠杀惨案做了舆论上的准备。

1911 年，墨西哥爆发革命，国内政局一片动荡，华侨成为动乱的牺牲品，以至于酿成震惊世界的流血惨案。5 月 13 日凌晨，4500 名叛军四面包围了托雷翁城，和人数只有 800 名的联邦守军展开激战。战斗持续到第二天晚上，联邦军寡不敌众，被迫撤退。随叛军涌入托雷翁城的暴民们涌入华人商铺集中的商业区，大肆洗劫和破坏商铺，在大街上到处追杀中国人。

据称，在这场暴乱中，303 名华人丧生，财产蒙受重大损失。康有为保皇党旗下的华墨银行首当其冲，遭到重创。事发之后，清政府驻墨使馆代办艾孙急电国内请求派舰护侨。清政府马上向墨西哥政府提出抗议，聘请国际调查员就屠杀惨案提出赔偿要求，并电令"海圻"号前往护侨。

8 月中旬，"海圻"舰首先驶抵古巴首都哈瓦那。舰队的到来让古巴政府对华侨的态度产生了变化。"海圻"舰抵达古巴第三天，古巴总统被迫接见了程璧光，表示古巴军民决不会歧视华侨，签订了讨好华侨的"城下之盟"。在"海圻"号停泊古巴的几天里，清政府向墨西哥发出最后通牒，要求给个满意的说法。

墨西哥政府看到大清"大军压境"，被迫就排华事件正式向清政府赔礼道歉，基本接受了缉捕暴民、抚恤和赔偿受害侨民生命财产损失等要求。

海外易帜

1911年9月初，"海圻"号返抵英格兰西北岸的巴罗因弗内斯港。10月10日武昌起义爆发，消息很快传到英国，全世界为之震惊。

"海圻"舰三副黄仲煊早在烟台海校学习期间就秘密参加了孙中山领导的同盟会。武昌起义前他就在舰上展开地下活动，争取"海圻"舰在海外易帜，扩大国际影响。武昌首义胜利的消息传来后，黄仲煊立即率骨干分子公开请求程璧光领导全舰官兵参加革命大业。经过与驻英大使刘玉麟一番紧急磋商，程璧光、汤廷光同意领导全舰官兵加入革命阵营。

1912年1月1日，"海圻"舰在巴罗港举行了隆重的易帜仪式，降下黄色青龙旗，升起红黄蓝白黑五色旗。1912年5月末，历经30850海里航程的"海圻"舰按原航线返回出发港上海杨树浦码头，而此时的中国大地已不再是帝制时代。

1913年5月，程璧光及全舰官兵受到民国政府的嘉奖，程璧光因"经年远使，督率有方"，被授予二等文虎勋章。1916年，程璧光被大总统黎元洪任命为海军总长，后因不满段祺瑞愤然辞职，率领第一舰队南下广州，参加孙中山的护法军政府并出任海军总长。

1918年2月，程璧光在广州遭暗杀致死。

"海圻"舰在后来的18年内换了6个东家。1937年9月25日，为了保卫江阴防线，"海圻"号自沉于江阴。

（《作家文摘》总第1536期）

尼克松访华接待工作幕后

·陈徒手·

思想转弯

1971年夏秋之际，中美两国政府确定尼克松总统访华的意向，消息传出，立即轰动全世界。在世人惊奇万分的同时，中共高层更觉棘手的是，在高调反帝几十年后，怎么能让党内各级干部及广大民众的头脑及时转弯，接受"美帝国主义头子"即将来到北京这样匪夷所思的严酷事实。

从当年冬季开始，一直到1972年2月21日尼克松到达北京，中方先后开展了三个阶段的尼克松访华内部教育活动，下发多种学习材料，组织宣讲活动，努力平抚党内外的思想强震和巨大疑虑。

高层为此次宣讲活动定义为"毛主席革命外交路线的教育"，最早下发的是《毛主席会见美国友好人士斯诺谈话纪要》，紧跟着的是外交部、北京市委印发的有关教育材料，学习的目的在于："希望广大干部群众对于尼克松为什么要来中国、我们为什么要让尼克松来等问题有进一步认识，解决一些糊涂思想，提高执行毛主席革命外交路线的自觉性。"在1972年春节前后，对事态进展颇为担忧的北京市委几次下达指示，要求加快学习进展，号召革命群众"为捍卫毛主席革命外交路线尽最大的力量"。

1970年12月18日，毛泽东接见美国记者斯诺，交谈长达五个小时之久，后来形成了只供传达的官方简本《谈话纪要》，并择要刊发于《参考消息》。此次谈话被中央指定为基层群众需要反复学习、解开疑惑的主要材料之一。

毛泽东说："（尼克松）他早就到处写信说要派代表来，我们没有发表，守秘密啊。他对于波兰那个会谈不感兴趣，要来当面谈。""尼克松要派代表来中国谈判，那是他自己提议的，有文件证明，说愿意在北京或华盛顿当面谈，不要让我们外交部知道，也不要通过美国国务院。神秘得很，又是提出不要公开，又是说这种消息非常机密。"他很明确地表态："为什么要让右派来？就是说尼克松，他是代表垄断资本家的。当然要让他来了，因为解决问题，中派、左派是不行的，在现时要跟尼克松解决。"

斯诺问："主席愿意见他（尼克松）吗？"毛泽东回答了一段事后闻名全国的著名语录："我说如果尼克松愿意来，我愿意和他谈。谈得成也行，谈不成也行，吵架也行，不吵架也行，当作旅行者来谈也行，当作总统来谈也行。总而言之，都行。"凭着高度专一的领袖权威和不可置疑的解释权，他诙谐轻松、举重若轻的语态，很好地化解了国内民众的困惑，反而让民众颇为受用和自傲。那时中方还一如既往地在越南、柬埔寨、拉美等热点问题上保持反美的理论姿态，这也从侧面舒缓了"尼克松访华"对社会层面的压迫感。

当时周恩来也多次在内部讲话中引到台湾问题，言语之间给人们的印象，似乎尼克松来京是为了解决台湾统一问题。这多少淡化了干部群众对尼克松之行的恶感，逐渐减弱了群众最初的震惊程度。但是，无论如何，形势突然转弯的思想后果，还是很严重的，不少单位上报了群众在学习活动中自发提出的疑问，有的单位多达100多条，充满了对"美帝头子"突然来京的疑惑和本能排斥。市委宣传部门及基层单位党委无力全盘解答，只能笼统地表态说，"要从群众中来到群众中去，提问题，找答案，自我教育"。

接待方针

周恩来作为主事者，在前景险恶不测、极左思潮泛滥的政治大局下，深知接待工作的超级难度和复杂性，他只能谨慎从事，异常小心。1971年12月初，他以中性的标准制定接待尼克松的总方针："不冷不热，不亢不卑，待之以礼，不强加于人。"他强调，对尼克松总统的接待，一定要反映出无产阶级的原则、作风和严格的纪律，一切事情有条不紊，实事求是，行不通的就改正，行得通的就认真办好。对外宣传上注意不要夸大，不要过头。

随着到访日子的临近，重大责任慢慢下移到基层，整个京城也随即呈现躁动、紧张的局势。1972年2月10日、17日，市委连续两次下达关于进一步搞好接待准备工作的指示，迅速传达到各局、区县，希望在尼克松到达以前逐一落实各项工作。2月17、18日，市革委会副主任万里、杨寿山等人率队分头检查17个重点参观工厂和6个游览单位，着重在参观路线、安全保卫、环境卫生以及解说词等方面一一把关，提出了从未有过的高标准。2月18日，市委负责人吴德亲自来到北京工艺美术工厂，在厂区逐一检查重点部位，并在现场指示市委人员再传口信，要求各单位坚决把接待任务完成好，保证外宾在本单位不出问题。

实际上，从职权来分，北京市只负责尼克松随行人员参观工厂、商店、游览景点及社会层面的安全问题，重点接待单位约有20家左右。2月17日晚上，市委、市革委会负责人吴德、杨寿山和市公安局长刘传新把相关单位负责人叫到市里，再三强调："这是一项极为光荣、重要的政治任务，要讨论可能遇到的问题，进行实际演习，做到人人心中有底。"结果各基层单位负责人回去后，又在第二天清晨匆促召开干部会议，传达市委的工作精神。市里的高压态度致使基层单位"草木皆兵"，如履薄冰，不得不高调表示："天天检查，天天抓落实，直到尼克松走，确保不发生任何问题。"

当时中国与外界基本隔绝，基层单位很少能看见外国人的身影，能见到美国总统的随行人员，工人届时难免会好奇地围观。面对这种可以预见的细节，高层人士觉得有碍国家政治形象和人民精神面貌，因此不得不处处设防，以严苛的纪律来加以控制。

保卫工作

治安保卫工作成了接待尼克松访华的重中之重，市委在此问题上非常强硬，提出几项刚性要求："对五类分子和其他危险人物逐个做安排，严格控制和防范。参观沿线的各种隐患，都采取预防措施。对易燃、易爆、剧毒等物品，进行普遍检查，订保管、使用制度，预防意外情况发生。保卫人员进行具体分工，各负专责，确保绝对安全。"为此，公安部门已提前向各系统下达"冬防"安全保卫工作的指示，力争在尼克松来访前在安保上万无一失。

实际上，到了1971年尼克松准备来华之际，经过"文革"以来几番"清理阶级队伍"，"过滤"了城区芜杂、可疑的人口，大大提高了首都市民的红色净化度。

为了确保尼克松访华过程不出差错，北京卫戍区和各区公安分局还派出专业人员，深入到各接待单位进行岗位与任务的预习，也就是训练治保骨干"散落"在群众中发挥作用。市第二通用机械厂抽调65名可靠的治保工人散布在参观沿线，安排300多人在车间班组的不同部位定时巡查。该厂通过摸底，早已列出各类问题人员192名，对五类分子和精神病患者作了重点安排，让他们届时有工作任务在身，无法有空隙离岗。

临战状态

到了1972年2月，北京全城进入了临战状态。接待单位开始全力打扫自己区域内的厂区、室内卫生，参与人员之多为历年少见，各单位纷纷报告称"面貌大有改观"。

有意思的是，在尼克松到访前的一个星期内，各接待单位突然整建车间里的更衣室。北京不少工厂的更衣室多是建设中利用剩余物资随意搭建的，样子破旧，这次市里下令予以全部撤除，重新翻建。有的车间男女更衣室整修后的面积共达800多平方米，宽敞而又整洁，工人们借此享受到了外事带来的福利。

市里领导特意叮嘱道，接待人员的衣着尽量穿得干净，女同志尽量穿花衣服。同时，市革委会根据最新的上级精神，派人对主要街道上的画像、语录牌、标语口号等作了调整和更新，并指示建设部门对外宾可能到达的街道的门窗、墙壁、厕所等，抓紧进行简易的粉刷和修整。

市民的副食供应由此得到切实的保障，商店中的食品、农产品比以往大大丰富，副食品的售卖方式在很短的时间内有了难得的改观。譬如水产公司规定变质有味的鱼不准上市，对质量太次的小带鱼不准投放市场，零售店禁止出售冻盘里边夹杂的坏鱼。

有趣的是，商业副食部门重点关照了尼克松随行人员及记者所住的饭店及周围的商店，陈列了品种齐全的名特商品，制造琳琅满目的观感，随时销售，随时补充，一直供应到贵宾离京。

（《作家文摘》总第 1814 期）

在伟人身边领略外交魅力

·顾迈男·

吴建民，1939年3月出生于重庆。1959年毕业于北京外国语学院法文系，并到外交部。由外交部安排在北京外国语学院再读3年翻译班（研究生）。曾在中国常驻联合国代表团、外交学会、外交部政策研究室及驻外使馆历经多年锻炼。1991年至1994年，任外交部新闻司司长、发言人。1994年至1995年，任中国驻荷兰大使。1996年至1998年，担任中国常驻联合国日内瓦办事处和瑞士其他国际组织常驻代表、大使。1998年至2003年，任中国驻法国大使。2003年7月至2008年4月，任外交学院院长，全国政协外委会副主任兼新闻发言人。现任国际展览局主席。

外交翻译的第一次

外交部原本没有专门的口译部门，因为周恩来几度说了口译非常重要的话，外交部遂于1965年底在翻译处里设了口译组。1965年

8月，吴建民从布达佩斯回国后，即被安排进了新组建的口译组。

吴建民来到外交部没多久，就为中共中央最高领袖毛泽东做了一次口译。那是1965年的10月22日，毛主席接见刚果（布拉柴维尔）的总统马桑巴-代巴的夫人。

那天，吴建民陪外宾从钓鱼台来到中南海，进的是新华门。毕竟是第一次给最高领袖当翻译，因此毛泽东出现在会见厅时，吴建民不免感觉激动和紧张……

在外交部的许多高级翻译中，第一次为党和国家最高领袖做翻译时，大都有过极度紧张甚至当众"出丑"的经历。

比如20世纪70年代经常出现在毛泽东身侧的英语翻译唐闻生，第一次被派做毛泽东翻译时，居然紧张得几乎晕了过去。那是1966年7月，毛泽东在武汉接见出席亚非国家紧急会议的各国代表。外交部为毛泽东此次接见配备了三名翻译，一是法语翻译齐宗华，一是阿拉伯语翻译郑达庸，英语翻译临时选定由唐闻生担任。唐闻生从一听到这个消息就连连推脱，最后因无人顶替不得不从命。可到了要进接见会场给毛泽东翻译那一刻，忐忑了许久的唐闻生还是没能控制住紧张情绪，几乎虚脱。在周围人的一再呼唤下，她才又睁开眼，被齐宗华等簇拥着，颤巍巍走向接见大厅。若不是廖承志救星似的来通知"主席不准备讲话了"，唐闻生真不知道她的第一次会是什么情景。

冀朝铸在自己的回忆里，则讲了个他第一次给周恩来做翻译就在中途被叫停"下岗"的故事。

那是1956年在欢迎尼泊尔首相阿查利亚的国宴上，礼宾司安排他为周恩来的祝酒讲话做翻译。周总理致辞有中文稿，冀朝铸也拿到了英文译稿，周恩来念一段，他就照英文译稿读一段。谁知周恩来看到讲话稿里没有提当时陪同尼泊尔首相来访的尼泊尔执政党领袖，就临时加了几句赞扬尼泊尔执政党领袖的话，冀朝铸没注意到周恩来突然脱离讲稿，增加了内容，依然低着头照着英文译稿宣读。周恩来立即发现了，回过头来很客气地对他说："不对，不对，小冀你太紧张了，换一个翻译吧。"结果周恩来祝酒讲话未完，冀朝铸就被从第一桌请到最后一桌，当着全体贵宾的面出了"洋相"。

吴建民的第一次，比唐闻生、冀朝铸的情况要好一些。一来毕竟有了几年在国际会议上翻译的历练，二来毛泽东与马桑巴-代巴夫人的会面是礼节性的，内容不太多，难度也不大。

柬埔寨单方"撤馆"事件

柬埔寨中国友好协会 1964 年 6 月 18 日成立时，西哈努克亲自出任了"名誉主席"，第一任主席是柬埔寨首任驻中国大使兰·涅特。后来，被西哈努克赶进丛林的三位著名左派国会议员之一的符宁，担任了柬中友好协会的第二任主席。

据 1969 年 6 月紧急赴柬埔寨就任的大使康矛召回忆，在 1967 年 6 月中国驻柬埔寨大使陈叔亮被调回国后，使馆临时负责人和造反派受极左思潮影响，背离中国一贯的对柬政策，做出了一系列在柬埔寨执政者看来是危及两国正常关系的举动。例如新华分社在相关的新闻报道和时事述评中，引用毛泽东"凡是反动的东西，你不打，它就不倒"的语录，含沙射影西哈努克。加之当时有许多柬埔寨的学生轮流到中国使馆参加劳动，被外电歪曲渲染为中国使馆在训练"柬埔寨红卫兵"。

这一切使得西哈努克日益不安起来，做出解散柬中友协的反应。

孰料，西哈努克的决断引起了已由造反派掌权的中国柬埔寨友好协会的强力反对，他们随即以协会名义给柬中友协发了一封"致敬"电文，以示"声援"。电文中充满激烈言辞，其最后"打倒各国反动派"的口号，矛头所向十分明显。柬埔寨的一家华文报纸《新闻报》，在拿到这份充满火药味的电文后，居然全文刊出。而紧接着，一家华文报刊又发表了《一切反动派都是纸老虎》的评论。震怒中的西哈努克，于9月11日封杀五家华文报纸，柬埔寨的华文报纸一日间荡然无存。

此时，左派议员符宁向他递交了有诸多机构具名的要求恢复柬中友协的请愿书。西哈努克当即警告符宁："你已不再是一个柬埔寨人。"并威胁要把他送上军事法庭。符宁后来逃进丛林，投身于柬埔寨红色高棉。9月13日，西哈努克在金边的群众集会上讲话，公开宣布要撤回柬埔寨驻华使馆，在北京的柬埔寨驻华大使张岗，随即接到带领使馆人员归国的指令，这等于是单方面宣布与中国断交。

吴建民回忆说：在张岗14日循例向中国外交部辞行时，主管亚洲事务的副部长韩念龙立即意识到事态的严重，百般劝说挽留，但以韩念龙的地位和影响力，根本不可能使张岗的态度有丝毫松动。韩念龙着急了，赶紧向周恩来报告，周恩来随即于当日午夜临近12点时，紧急约见张岗。吴建民作为翻译，也按时赶到了约见地点人民大会堂老北京厅。

双方落座后，周恩来很快就把话题导入撤馆事件。吴建民记得周恩来说：两国建交快10年了，从来没有发生令彼此不愉快的事件，这次事件出乎我们的意料。西哈努克亲王在群众大会上讲了许多话，有些说法我是不同意的，但我现在不予置评。今天只谈撤馆问题。

周恩来解释说：我们有些人的讲话并不代表中国政府的立场，像上个月发生的火烧英国在北京的代办处，群众的某些行为并不代表中国政府的政策。他诚恳地对张岗说：从我们国家和政府的愿望出发，我们还是希望大使及使馆人员留在中国，继续为增进中柬两国友谊做出努力。

但张岗并没有马上被说服。艰难的谈话持续到了翌日凌晨2点，张岗同意将周恩来的完整意思准确无误地报告给西哈努克。周恩来依照惯例把张岗送到人民大会堂的大门口，在握别之际，吴建民替周恩来翻译了最后一句话："我想你也许不会走。"张岗当时接了一句："但愿如此。"

吴建民还记得，在送走了张岗后，周恩来回到会客厅，对在现场的中国工作人员说："陈老总是不应随便批斗的。"一个国家的外交部长在自己的国家若失去了威信，受影响的不是他个人，而是整个国家的外交信誉。

后来，得知内情的中国驻柬埔寨大使康矛召说：张岗大使在会面后"马上与亲王通电话。那时亲王不在金边，正在波哥山拍电影。当将周总理的意见转达西哈努克后，他的火气就消了许多，同意暂缓撤馆"。那时吴建民26岁，对毛泽东、周恩来这些最高领袖充满虔敬。"我看他们就像小孩看大人一样，他们的一举一动总吸引着我的目光。"吴建民说。

（《作家文摘》总第 1155 期）

李政道与中国赴美留学生项目

·顾迈男·

中美联合招考赴美国留学物理研究生项目是李政道教授主持，为解决20世纪80年代中国人才断档，发展中国教育和科研事业的一个中美合作项目。该项目的具体内容为：从1981年始，由中美双方联合通过专门的招生途径，每年从北京大学、中国科学院、中国科技大学等院校中选送100名应届大学毕业生，赴美攻读博士学位。这是中国改革开放以后第一次较大规模向国外派遣留学生，为中国后来的大规模国际人才交流和科学文化交流起到了开拓性作用。到1988年该计划结束时为止，美国纽约大学、哥伦比亚大学等76所优秀大学接收了中国近千名中美联合培养物理研究生。

提出推行赴美留学生项目的初步设想

"四人帮"被粉碎以后，为适应四个现代化的需要，中国政府准备派遣一批访问学者和留学生到美国进修。1978年6月23日，邓小平对留学生工作作出指示：留学生要成千成万地派，不是只派十个八个。教育部研究一下，花多少钱，值得。今年三四千，明年万把人。这是 5 年内快见成效、提高中国科教水平的重要方法之一。1979 年初邓小平率团访问美国时，中美正式签署了关于中国派遣留美学生的协议。

但是，当时美国的名牌大学对中国学生的学术水平既不了解，也不信任。许多美国第一流的学校，至少在物理系，还不肯接受中国留学生做正式的研究生。除访问学者外，很多中国留学生仅仅是旁听的。1979 年春天，李政道来中国访问，他了解到这个情况后，对中国有关部门的负责人说："为什么不派正式的研究生呢？这样做既可以得到学位，又受到和美国学生同样的训练。至少在理学院，还可以得到美国政府的资助，不用中国政府出钱。"回到美国后，李政道就一直在为这件事操劳，开始为自己所在的哥伦比亚大学筹划招收中国留学生。

与此同时，李政道在美国还思考如何把为中国培养学生这件事扩大到其他学校。那时，他在美国从事教学工作虽然已有 30 多年，但始终没有担任过学校行政方面的事务工作。一天，他把哥伦比亚大学物理系的系主任请来说："我虽然在美国教书多年，但是对美国的招生细则不很清楚，请你给我讲讲美国的招生程序。"于是，这位教授跟李政道详细介绍了有关的问题。李政道发现，请求入研究院的手续繁杂，要考 GRE、TOFEL……除建立考点，还需要相当可观的美元，当时，这对普通的中国学生来说根本无法承受。思忖半响，李政道说："好的。现在我想把美国中国留学生的招生制度改良一下，发明一个新制度！"他把自己的构思详细写下来，寄给了 40 多所美国第一流大学的物理系主管，说他们如果愿意招收中国学生的话，请填表参加这一新的组织，并要求他们说明各自研究院有哪些科研专长项目。信中还提出了参加该计划的具体要求和条件：凡被接收的中国留学生都是该校的正式研究生，生活费、学费和医药费等，全部由校方负担，直到该中国留学生得到博士学位为止。李政道在致各所大学的函件中保证说，他一定送去高水平的中国留学生，并且给这新的招生办法和组织起名为中美联合招考赴美国留学物理研究生项目。

当年 12 月 26 日至 29 日，美国哥伦比亚大学、弗吉尼亚理工学院和俄勒冈等 7 所学校共录取了 13 名中国研究生。

在这之前，李政道在参加广州粒子物理讨论会途经北京时，向马大猷、吴塘等人提出了在全国推行中美联合招考赴美国留学物理研究生项目的初步设想。当时主持科学和教育工作的国务院副总理方毅和教育部部长蒋南翔等随后向中央转达了李政道的建议，中央领导表示同意。

为赴美留学生项目呕心沥血

1980 年 1 月 10 日，李政道在致方毅副总理的信中，正式提出了中美联合招考赴美国留学物理研究生项目的设想。

数日后，方毅回信表示对李政道的建议"深为赞同"。

为了这个项目顺利进行，早日培养出中国的物理学家，李政道利用他在国际物理界的威望，在中美联合招考赴美国留学物理研究生项目旗帜下，尽可能多地聚集起全美第一流大学的物理系共同参与对中国物理人才的培养工作。他曾经给哈佛大学物理系主任卡尔·斯特劳奇教授写了一封信，就此项目作了详细说明，并提出一个实验性的草案。经过李政道的不懈努力，美国 46 所著名大学的物理系都加盟了这一项目。

当时，李政道在哥伦比亚大学的教学和科学研究工作非常繁重。白天，他在学校工作，下班以后处理为中国培养人才和建造对撞机的事情。几乎每天晚上都工作到深夜，这样的工作节奏持续了多年，并且全部是义务劳作。国内有关部门曾多次提出愿意支付给他相关的费用，但都被他婉拒了。他说："这是我的一点心意，给中国培养人才是有意义的！"

在李政道的不懈努力下，1980年美国60多所大学在中国联合招考的第一批研究生共127人，翌年赴美，他们在60多所著名大学受到与美国本国最优秀的学生同样的培养和训练。他们之中，除8人学理论物理外，其余的都是学习中国急需的应用物理和新技术方面的专业。127人全部享受美国提供的公费待遇，按每人每年学费和生活费的下限1万美元计算，仅第一批127名留学生，每年就为中国节约外汇120多万美元。

中美联合招考赴美国留学物理研究生项目在美国产生了很大的影响。被录取的学生在美国各大学刻苦勤奋地学习，为中国学生赢得了很好的声誉，美国各大学物理系都纷纷要求接收中国学生，这在这些著名学府的历史上是绝无仅有的。

为中国培养更多人才而献策

自那时起，在十几年的时间里，李政道对中国如何更有效地派遣留学生的问题，在美国做了大量工作，仅就中美联合招考赴美国留学物理研究生项目问题写给中国有关负责人的信件，就多达数十万言。他在信中，反复地阐述了自己的有关培养人才的观点，介绍了美国的教育制度和培养人才的经验、做法。

从1981年至1988年，每年的头三个月，李政道的精力几乎全部投到中美联合招考赴美国留学物理研究生项目上。一年约有100位中国学生去美国，每一位学生都需要十几封推荐信，都是李政道和他的夫人以及秘书3人亲手书写。10年中他家的信件总是把附近的邮筒塞得满满的，以致邮局写来抗议信说：你的信件太多，影响别人使用邮筒。之后，他和夫人、秘书3人，便用手推车推着，走过10个街区，把信分别投入到不同的邮筒里。10年间，近1000名中国留学生的上万封推荐信，就是这样发出的。

年复一年，在美国，所有有关中美联合招考赴美国留学物理研究生项目的工作，包括同几十所大学的联系，组织命题，邀请美国教授来华面谈，直到为被推荐学生分送材料，解决特殊疑难问题，等等，李政道都事必躬亲。发出的函件每年多达数百封，电话不计其数。他的夫人及秘书对这项工作，也都给予了热情支持与帮助。

（《作家文摘》总第1188期）

前高官回忆APEC磋商内幕

·邓 媛 储信艳·

王嵋生，曾任外交部新闻司处长，先后驻尼日利亚、哥伦比亚担任大使。1993年，王嵋生始任中国APEC（亚洲太平洋经济合作组织，简称亚太经合组织）高官，至1998年。20世纪90年代的中国外交，正在适应并探索着多极化国际关系格局的新变化，时代的特殊性与APEC的特点相融合，使得多年后王嵋生仍感念"APEC大家庭"所秉持的价值观："归纳起来有三点：第一，坚持平等的伙伴关系，没有老大老二；第二，协商一致、自主自愿；第三，开放性和包容性。这些是APEC生命力的体现，也是它的灵魂。"

与潘基文"唱双簧"

19年前，印尼茂物的APEC会议达成了茂物目标，具有里程碑式的意义。茂物目标，就是贸易和投资自由化与便利化的诉求，这是APEC两大最重要的战略成果之一。关于这个，我和潘基文还有过一次合作。1994年在印尼的时候，潘基文（时任驻美公使）还不是韩国的 APEC 高官，真正的合作是在 1995 年。茂物目标规定发达成员在 2010 年完成贸易投资自由化和便利化，发展中成员在 2020 年完成。1994 年提出目标后，1995 年 APEC 在日本大阪召开会议，要把目标具体化。

当时美国非常积极，要求成员国必须全面无条件地执行茂物目标。但是即使在 2020 年无条件地全面实行茂物目标，对很多国家来说都有一定困难（完全自由化意味着"零关税"，各成员国之间发展水平差距较大，可以接受的开放程度不同），比如中国在农产品、IT 方面有困难，韩国在农产品方面困难很大。

开会前中韩进行双边磋商。潘基文对我说，我来之前金泳三总统跟我说，这次来日本，大阪行动纲领一定要争取到灵活性。如果争取不到，回来就给我走人。我和潘基文就商量如何应对美国咄咄逼人的姿态，一定要争取到灵活性。我们唱"双簧"，一个唱红脸，一个唱白脸。潘基文出面去和美、加进行双边磋商，强调必须要有灵活性，不仅韩国，包括中国在内的很多成员国都有这个需要。2020 年必须完成目标，很多国家可能做不到，中国的高官也不会同意。

经过艰苦磋商终于达成协议，在大阪行动纲领中，序言中照顾了美国的意见，写着茂物目标必须全面无条件地执行，但也有另外的条款写着：当成员遇有困难，允许有灵活性。两种意见都写进去了，这令大家都比较高兴。

APEC 峰会促中美关系打破僵局

1993 年 APEC 美国是东道主。当时刚上台的克林顿在竞选时说了一些对中国不友好的话，上台后他想缓和与中国的关系。

当时美国APEC高官专门约见我，跟我讲，如果江泽民主席接受邀请参加APEC会议，而且能够和克林顿进行双边会见，那么他们的会见比APEC会议本身更重要。虽然我并不完全认同这个说法，但是这件事确实很重要。美方高官还说，我向你保证，如果江泽民主席接受邀请到美国来，一定会受到很好的礼遇和接待。

从外交上来讲，我们感觉这是美国向中国释放的信号，希望改善同中国的关系。后来双边举行了会谈，发表了重要的演讲。我觉得这次会谈，是中美关系打破僵局的开始。

美方请中国领导人"高抬贵手"

APEC机构自上而下有不同级别。我所在的是由各成员总司长或大使级官员组成的高官会，每年举行4次会议。

上任伊始，1993年威廉斯堡高官会期间，我便遇到了一个"难啃的骨头"。时值美国克林顿总统初上台阶段，雄心勃勃的美国人希望把APEC打造成为一个以美国为主导的亚太共同体。克林顿当年7月在早稻田大学发表演讲时表示，美国要"全面参与"亚太经济发展与合作、"主导"亚太多边安全机制、促进亚太各国"民主化"。

美国的"共同体"构想一经提出，遭到了包括中国在内的APEC发展中成员的一致反对。东盟国家的反应尤为强烈。印度尼西亚外长当即表示，"我们不需要建立一个'共同体'"。

那时，中国领导人直接用英文给克林顿写了一封信，说他们提的"共同体"不符合本地区现实，不适合写进声明。APEC不是一个WTO那样的谈判组织，而是一个磋商机构，只要有任何一个成员反对，就必须再讨论以达成意见一致。因此，激烈争执下，美国官员不得不选择退让，他们把"共同体"改成了"大家庭"，并写入领导人会议的主要文件《经济展望声明》中。

高官会毕，就在克林顿准备就声明征求各国领导人意见时，美国高官桑德拉·克里斯托弗女士特意来和我"套近乎"。桑德拉借领导人欢迎晚宴的机会走到我身边，几乎冲着我的耳朵说，希望中国领导人届时"高抬贵手"。

在菲律宾峰会较量"APEC方式"

与美国的博弈有时是直接的，有时也是间接的。

1996年，由菲律宾担任APEC东道主。针对一些发达成员为了取得自身利益，片面推进贸易投资自由化、罔顾发展中成员利益的做法，中国领导人系统地提出了APEC应该独有的"APEC方式"，这就是互尊互利，在自主、自愿基础上的协商一致，既承认多样性，允许一定的灵活性，也适当地进行协调，开展一些集体的活动。这明确了APEC"大家庭精神"的内涵。

我第一次向菲律宾高官提出"APEC方式"时，对方反应很好，一个劲儿地称赞中国，认为中国方面对在菲律宾主办的APEC会议作出了巨大贡献。

不过三个月后，我再提"APEC方式"时，菲方的态度来了个180度大转弯。我一问，原来一些发达成员对此不赞成，美国"强烈反对"。

尽管我们做了大量工作，但直到1996年领导人非正式会议开会前一天，将于会上讨论的《苏比克宣言》草案仍只字不提"APEC

方式"。

为此我紧急约见了菲律宾 APEC 高官表示，中国不能理解为何宣言草案中没有"APEC 方式"，如果只是因为美国反对，那么现在的草案中也有一些中国并不完全同意的美国的建议，如果中国也因此反对宣言草案，那么你们还能通过《苏比克宣言》吗？

闻言，菲律宾官员感到有些紧张，于是连夜向菲总统汇报了中方的意见。抗议果然起了作用：第二天一早，新修改的宣言草案中即加入了"APEC 方式"的内容。

《苏比克宣言》最终向世界宣告了"APEC 方式"的诞生。它从战略高度为 APEC 指明了方向，也受到了其他发展中成员的好评。

（《作家文摘·合订本》总第 235 期）

改革开放初期的高层出国考察

·刘 艳·

从 1977 年底开始，中共领导高层的出国考察与访问频增，到 1978 年华国锋出访东欧和谷牧率团赴西欧 5 国考察，形成一个高级干部出国考察与访问的高潮。处在历史特殊背景之下的此轮出国考察与访问有其特殊的历史价值，它不但是推动中国改革开放决策出台的"侦察兵"，也给改革开放决策的具体实施提供了"他山之石"。

赴东欧考察

东欧社会主义国家与中国没有制度上的隔膜，它们的改革都是在原有体制基础上进行的，这些国家改革高度集中的计划经济体制的成就和向西方学习取得的成效，极大地吸引了中国的目光。罗马尼亚、南斯拉夫和匈牙利成为中国交流学习最多的国家。

1978 年 3 月，以中联部常务副部长李一氓为团长、副部长乔石和中国社科院副院长于光远为副团长的中共代表团对南斯拉夫、罗马尼亚进行了为期 3 周的考察访问，重点是南斯拉夫。考察团先后参观了南斯拉夫的 4 个加盟共和国，工作主要在贝尔格莱德完成。李一氓等人提交的报告基本上否定了"中苏大论战"中"三评"指责南斯拉夫的"修正主义"罪状。根据代表团报告，中共中央承认南斯拉夫是社会主义国家，并且在南共联盟十一大召开时，致贺电并表明中共恢复两党关系的意愿。1978 年 6 月，两党关系正式恢复。这也意味着，在社会主义模式的多样性问题上，中共中央的认识有了变化。这个认识的变化对于中国共产党在思想上摆脱苏联模式的束缚具有重大作用。

1978 年 8 月 14 日至 9 月 1 日，华国锋应邀对罗马尼亚、南斯拉夫进行了访问。这是继毛泽东 1957 年访问苏联后，中共最高领导人的第一次出国访问。在罗访问时，双方就苏联大国主义政策问题、中罗关系、中阿和中越关系、中共与其他共产党的关系问题进行了会谈。访问期间，双方共计签署了 9 项协议，涉及科学技术、旅游、交通、矿业、检疫防疫和互派专家等多个方面。8 月 21 日，华国锋结束对罗马尼亚的访问前往南斯拉夫。在南访问期间，华国锋对南斯拉夫的企业生产效率、对外经济合作和完全开放、吸收和利用国外贷款等印象深刻。华国锋特别强调了南斯拉夫的农工联合企业，不仅搞农、牧、畜，而且搞加工，还有自己的销售网点。华国锋当即要求随同访问的赵紫阳在四川搞一下、北京搞几个这样的企业。华国锋对南斯拉夫农业"贝科倍"大加赞赏，南斯拉夫方面表示这是学习中国人民公社"工农商学兵"的结果。1978 年 8 月 23 日的《人民日报》称赞"贝科倍"农业和食品加工联合企业是"改造小农经济的桥梁"。

根据华国锋的指示，1978 年 9 月 18 日至 21 日，中国派出农业代表团对南斯拉夫农业联合企业进行了考察，考察团成员一致认为中国的国营农场学习"贝科倍"的经验比较合适，并且建议在河北、河南、辽宁、吉林等地开展试点工作。

1978 年 9 月 7 日至 10 月 8 日，以财政部长张劲夫为团长、财政部副部长忻元锡为副团长的中国财政经济考察团，赴南斯拉夫、罗马尼亚进行考察。这次出访的任务，主要是了解两国财政经济管理工作。

在 1979 年党的理论工作务虚会上，张劲夫提出"财政自理，就是南斯拉夫那个办法"。这次出访对于中国形成"财政自理，自负盈亏"的工商业财政管理体制有很大的影响。

发达国家和地区的影响

中共在向东欧国家进行考察和学习的同时，逐渐将目光转向发达资本主义国家和地区。

1977 年 12 月底，由国家经委副主任袁宝华、对外贸易部部长李强率领的代表团，赴英、法两国考察。李先念给代表团下达的任务是：出去看看人家是怎么干的。代表团主要了解国外企业管理情况，回国后向中央报告，结论之一是当时欧洲的企业管理是与现代化的生产技术紧密结合的。

应日本经济团体联合会、日中经济协会、日本国际贸易促进协会等经济贸易团体的邀请，1978 年 3 月 28 日至 4 月 22 日，由上海市革命委员会副主任林乎加率领的中国经济代表团对日本进行了历时 24 天的考察、访问。中国经济代表团回国后，于 6 月 1 日专门向政治局作了汇报，总结了日本战后经济快速发展的 3 条主要经验：一是大胆地引进新技术，二是充分利用国外资金，三是大力发展教育事业和科学研究。林乎加等人建议：利用国外资金建设1亿吨年生产能力的煤炭矿井，1000万吨年生产能力的冀东钢铁厂，多搞几个有色金属矿，并保证1985年化纤和塑料产量各达到200万吨。听了汇报后，邓小平说：下个大决心，不要怕欠账，只要有产品就没有危险。华国锋鼓励说：凡是中央原则定了的，你们就放开干，化纤搞200万吨，由计委、经委、建委落实。

1978年4月10日至5月6日，由国家计委副主任段云率领的港澳经济贸易考察组，在香港、澳门进行了实地调查研究，其目的就是了解两地经济飞速发展的原因。考察组回京后，向中央提交了考察报告，第一次提出应把靠近港澳的广东宝安、珠海划成出口基地、加工基地，争取3-5年内在内地建成具有相当水平的对外生产基地、加工基地和旅游区。6月3日，党中央、国务院主要领导人听取了汇报，原则同意他们的建议，要求"说干就干，把它办起来"。由此起步，两地后来发展成为深圳、珠海特区。

1978年5月2日到6月6日，副总理谷牧率团访问西欧5国，参观了5国25个主要城市的80多个工厂、矿山、港口、农场、大学和科研单位。这是新中国建立后派出的第一个赴发达资本主义国家的国家级经济代表团，代表团的规格、访问的成果和其产生的影响都是空前的。

1978年11月，王震副总理出访英国，他带着"访贫问苦"的明确意向要求访问一位失业工人。中国驻英大使柯华陪同他来到一个失业工人的家。这个失业工人住着一栋100多平方米的两层楼房，有餐厅、客厅，有沙发、电视机，装饰柜子里有珍藏的银器，房后还有一个约50平方米的小花园。由于失业，他可以不纳税，享受免费医疗，子女免费接受义务教育。王震看后感慨良多，这是失业工人吗？原来想当然地以为处于水深火热之中的英国工人，生活水平竟然比中国的副总理都高。当有人问王震对英国有什么观感时，他出人意料地说了这么一段话："我看英国搞得不错，物质极大丰富，三大差别基本消灭，社会公正，社会福利也受重视，如果加上共产党执政，英国就是我们理想中的共产主义社会。"

1980年9月26日至11月7日，时任国家进出口管理委员会、国家外国投资管理委员会副主任兼秘书长江泽民率领国家进出口委员会、人大法制委员会、财政部税务总局、外贸部国际贸易研究所和深圳、厦门两市组成的经济特区考察组，一行9人，考察了斯里兰卡、马来西亚、新加坡、菲律宾、墨西哥和爱尔兰的出口加工区。此后，考察组破除了办出口加工区是搞"殖民地经济"的顾虑。这次考察收集了一大批材料，进一步了解到国际经济发展状况，许多好的经验被吸收到我国经济特区建设的决策和实践中。

对中共高层出访的评价

高层的出访活动大大增强了对中央决策的咨询参考作用，大大提升了服务、服从于改革开放的功能和作用。

（一）改革开放决策的催化剂。中共领导层的出国考察，对1976—1978年中国对外引进政策的恢复与突破有重要意义。邓小平在党的十一届三中全会前的一系列出访，尤其是日本和新加坡的现代化程度促使邓小平提出了一系列关于对外开放的思想，决心在中国实行对外开放政策。这也初步奠定了我国对外开放的理论依据。

（二）改革开放的理论来源。经济学家对诸多国家经济体制的考察，也让西方经济学的各种学派思想和著作影响到国内。薛暮桥、于光远、杜润生、马洪、廖季立等经济学家在总结中国历史经验时，同时还吸收了国外经验，注意了解和研究国外各种经济理论，特别是在比较系统地汲取东欧国家改革经济学的成果基础上，形成了以建立"社会主义商品经济"体制为核心的理论观点和政策主张。

（三）中国改革开放的参照物和警示器。这轮高层的出国考察不仅使中国共产党看到了差距、找到了信心，激发了奋起直追的勇气，也使他们对国外经济建设尤其是改革发展中的一些失误引以为戒，避免重蹈覆辙。例如：由于南斯拉夫改革的弊端，比如通货膨胀、失业、外债负担重，逐渐显现出来，而中国自己进入进一步调整阶段，因此，中国对南斯拉夫经验的借鉴开始变得谨慎。

（《作家文摘·合订本》总第235期）

设立香港终审法院的中英谈判内情

·陈佐洱·

彭定康想趁"铁票"在手建终审庭

签署《中英联合声明》之后，老谋深算的英国想在香港易帜前按它的设计设立一个终审法庭，然后让它过渡到未来的中国香港特别行政区去。

1988 年 2 月，英方向中方提交了一份设立终审法庭的建议大纲，包括架构组成、判决权和诉讼程序等主要内容。

中方本着友好合作的精神，慎重研究了半年，认为提前进行过渡性安排，使未来相关特区终审法院的各项具体安排明朗化，有助于增强港人信心。于是决定同英方进行充分磋商，使英方关于在 1997 年前设立终审法庭的建议完全符合基本法有关规定和中方的要求。

在 1991 年的第 20 轮中英联合联络小组全体会议上，双方首席代表以互换发言稿的形式就提前设立终审法院问题达成了原则协议。不料协议达成后又节外生枝，遭到了港英法律界、立法局和传媒中的某些人反对。1991年秋天，中英两国政府首脑发表新闻公报，责成中英联合联络小组须加快军事用地和终审法院两项谈判，前一项是中方更为关注的，后一项则是英方更为关注的。

1994年3月，我出任中英联合联络小组中方代表后，在当年完成军事用地问题谈判以及其他多项谈判继续齐头并进的情况下，即重点关注和着手准备终审法院问题的谈判。

1994年5月，英方向中代处交来了一份准备提交港英立法局通过的终审法院条例草案建议，发出了希望第三次恢复这一谈判的信号。可惜这份文件完全是用英国脑袋写成的，假如按此通过立法程序并设立港英终审庭，必然与平稳过渡冲突，特区未来的终审法院只得另起炉灶。

1994年10月，中国外交部的一位高级官员对外表示，"照目前情况看，香港的终审法院不可能在香港回归前成立"。此话一出，英方更着急了。

11月1日，在一个双方非正式的会晤场合，英方要求我澄清，我根据外交部有关对外表态口径说，中方当然希望1997年中英双方就终审法院达成的原则协议能够得到执行，在香港回归前就成立终审法院。这是个大的原则，但究竟怎么成立，就要具体谈了。

英方抓住我这句话，像抓到了救命稻草，很快就送交一份说帖，称对陈代表的表态感到"鼓舞"，英方专家随时准备与中方就终审法院问题恢复谈判。

中方代表处对形势作了分析，认为英方仍然企图在香港回归前就成立一个完全体现英国意志的终审法院，造成既成事实让中方接受。港督彭定康特别希望在其可以完全控制的本届立法局任期内完成条例草案的立法，因为到第二年7月底任期将满的本届立法局61名议员中，包括港督本人在内的4名当然议员和18名委任议员共22人在表决时的意向，将是完全体现英国意志的"铁票"，而下一届立法局的全部议员都将由间接或直接选举产生。

1995年1月18日，中代处收到国港办和外交部两部会签的回复。回复中肯定了我们的分析，并且指示中代处尽可能地与英方斡旋，争取到1996年全国人大香港特区筹委会成立之后，再解决这个问题。

3月6日，我们又收到两封电报，得悉彭定康在1995年1月回伦敦述职时已获英国首相同意，即使未能与中方达成共识，港英也将于7月底以前将条例草案交立法局强行通过。

1995年3月24日，时隔3年之久，中英双方终于就终审法院的问题重开谈判，举行第五次专家会议。

专家会议上，我首先强调终审法院问题之所以拖延至今未解决，责任不在中方。接着指出近来英方有人多次扬言港英立法局无论如何要在某年某月通过该条例草案，言下之意必须按照这个时间表来进行磋商，中方决不能接受。中方再次要求英方承诺，在双方未达成共识前，不得单方面行动。

经过有理有利有节的坚决斗争，英方的态度在会内温和了许多，在会外也减弱了杂音，英代处不仅向我们提交了根据中方意见修改过的新条例草案，连英方代表包雅伦的发言实际上也都照着我们提出的七个磋商路向来陈述英方观点。

第五次、第六次专家小组会议开起来后，谈判形势和舆论逐渐向有利于中方的方向转变。

后发制人，主攻八项主张

1995年5月5日，鲁平主任就终审法院谈判问题在北京召集国港办、外交部、中代处有关人员开会。鲁平主任传达了钱其琛副总理的指示，要求我们对外积极表态，仍努力争取在回归前成立终审法院，以争取人心。这个指示是谈判进程的重要转圜，策略从此转为主动制胜。

5月16日，全国人大常委会香港特区筹委会预委会政务组对外公布了八项组建终审法院的主张，其中除了重申中方专家在以往谈判中提出的观点之外，还提出终审法院应由候任行政长官来负责筹组，即以中方为主，英方协助。这八项主张亮出了中方关于终审法院问题的全部政策，在香港社会引起很大反响。

5月23日，我结束中英财政预算案编制的专家小组会议，刚从谈判大厅的二楼走下来，就看见包雅伦站在楼梯口等我，要求紧急约见。他表示，英方已从传媒上看到预委会政务小组的八项主张，其中大部分都能接受，将据此对条例草案再次进行修改，希望这一做法能受到中方的欢迎。

我当即向包雅伦表示欢迎。回中代处后，立即召集有关同事开会研究。大家一致认为，应该力争抓住有利时机，在第七次专家会议上推动英方接受由特区政府候任班子筹组终审法院的合作模式。若英方接受，我们可以预委会八项主张为基础，对违宪审查权和判后补救机制两个问题持灵活态度，因为即使在终审法院层面放弃这两个要求，还有全国人大常委会拥有最高的决定权力，必要时仍能加以保障。

就在专家小组会议召开前夕，英方突然通知，包雅伦代表因故急返伦敦，英方组长临时由港英行政署署长贺理代替。

新对手贺理是港英的一位资深政务官，从20多岁起就来香港当政务官，担任过三位港督的秘书，精明、细致的作风在香港政界是出了名的。5月31日晚，贺理单独与我交谈，提出了五点意见：一是英方可以全部接受筹委会的八项主张；二是条例草案通过后，可以同意由中国香港特区政府候任班子负责筹组终审法院，英方加以协助；三是可以同意草案中用基本法规定的措辞表述"国家行为等"；四是希望中方认可英方在违宪审查权和判决补救机制上的立场；五是若达成以上共识，希望中方公开支持将条例草案提交立法局，在7月份之前通过。

贺理这么小心翼翼的港英官员忽然显示这么大魄力，简直是"竹筒里倒豆子"——背后必大有来头，看来彭定康对外嘴硬，心里猴急了。我连夜将这重要信息报告北京。6月1日上午，北京果然及时回复了，全部同意贺理所提五点意见，指示我在下午磋商中积极回应。

仅隔一周，6月7日，第八次专家小组会议紧接着召开。包雅伦回来了，仍担任英方组长，贺理坐在他的边上。至此，双方对协议内容已不存在分歧。

8日晚11时50分，专家小组会议就全部文本达成了共识。回到中代处已是9日的凌晨，我们将中英文本全文也明传发回北京。几年谈判争来论去，归根结底，成果不过是一张A4纸就能够全记录的寥寥19行文字。黎明时，我们收到了两部批示同意的特急复电。

（《作家文摘·合订本》总第205期）

友情爱情师生情

我的丈夫顾维钧

· 黄蕙兰 ·

黄蕙兰已经离世19年。1993年，在百岁寿辰当日，她风风光光地走了，正如她风风光光地来到世间。

黄蕙兰晚年定居美国，其自传《没有不散的筵席》心平气和地回忆了自己的一生，与丈夫顾维钧的种种恩怨——

两段婚史

黄家的发迹，起于晚清时的福建厦门，一个名叫黄志信的年轻人。

清道光三十年，洪秀全发动金田起义，在南京建立了太平天国。黄志信参加了太平军。太平天国失败后，他爬上了一艘开往爪哇（今印度尼西亚）的船只，逃往南洋。在海外，黄志信成就了另一番事业。他起初在港口打工，当小货郎，奋斗几十年，终于成为当地的富豪。去世时，黄志信给后代留下了700万美元的资产。

他的儿子黄仲涵，也是一位经商奇才，经营糖业，成为当地首富，时称"糖王"。据说，他承认的姨太太就多达18位，替他生下42个孩子。

1893年，我出世。我的母亲魏明娘，是黄仲涵明媒正娶的夫人，当地的第一号大美女。但是，两人的婚姻并不幸福。

生下我不久，母亲就带着我远走英国，再也没有回到印尼。我寄托着母亲所有的希望。我3岁时，母亲送了一条金项链，上面镶嵌着80克拉的钻石，和我的小拳头一样大。

青少年时期，我生活于伦敦、巴黎、华盛顿和纽约之间，能说法、英、荷等6种语言。

进入青春期，我成了众多名流绅士追逐的对象，但我和每位男友的感情都非常短暂，数度开花，无一结果。

1919年的一天，我和母亲正在意大利，母亲突然让我去巴黎，说有一位先生在等我。这位先生就是32岁的顾维钧，中国驻美公使，刚刚丧偶，时为中国政府赴巴黎和会代表团的全权代表。

巴黎和会上，日本政府要求以战胜国的身份接管德国在中国山东的一切权益。在他的主持下，中国代表团拒绝在《凡尔赛和约》上签字。顾维钧名声大振，成为民族英雄。

在巴黎时，他去我的姐姐家做客，看到了我的玉照，一见倾心。

事实上，顾维钧已有两段婚史，第二任妻子因为难产而死。

结婚

第一次见面，我对顾维钧印象不佳——他留着老式的平头，衣着和我的男朋友们常穿的英国剪裁的服装相去很远。顾维钧既不会跳舞，又不懂骑马，甚至不会开汽车，我断定此人不值得我注意。

但我忽视了顾维钧的最突出的魅力——言谈。

晚饭后，我们再次相约，去巴黎近郊的枫丹白露游玩。顾维钧提出去接我，"坐我的车去"。

这句话让我动心，顾维钧的车是法国政府提供的，配有司机，和家中花钱买车雇人完全不同，因为他是一个要员。

我们去看歌剧，坐的也是法国政府预留的包厢，而这种包厢花再多的钱也买不到。

对我而言，顾维钧不仅是一种地位象征，更是一个全新的世界。

很快，我就爱上了顾维钧。

顾维钧也加大了追求力度，希望能立即结婚，与我同回华盛顿。

一次交谈，顾维钧提到之前的国事活动都有妻子陪伴。

"可是你的妻子已经去世了。"

"是啊，而我有两个孩子，需要一位母亲。"

"你的意思是说你想娶我？"

顾维钧严肃地答道："是的，我希望如此，我盼望你也愿意。"

让我困惑的是，他并没有说爱我，他也不问我爱不爱他。

1920年10月2日，我们举办了盛大的婚礼，地点是比利时的布鲁塞尔中国使馆。新婚之夜，我特地穿了一件漂亮的晚装，希望能吸引顾维钧。没想到，房里还有人——四个秘书正奋笔疾书，而正在办公的顾维钧头都没有抬。当夜，我们乘火车前往日内瓦，因为第二天就是国联大会开幕的日子。

不是我所要的丈夫

外交事务中，因为我懂六国语言，为人热情、大方，又懂礼节，深受欧洲人欢迎，被当作自己人看待。

宋美龄访美时，我将大使馆的套房让给她，照顾周到，甚至连擦手的热毛巾也用花露水浸过，赢得宋美龄的赞扬。

中国使馆举行的大小宴会，都由我一手操办，使馆经费拮据，我用的都是自己的钱。

顾维钧回国述职时，我一掷10万美元，买下北京吴三桂和陈圆圆的旧居，作为公馆。

但我们的婚姻渐渐出现了裂痕。我虽然钦佩丈夫的才华，但他娶妻子是把她当作家庭中的一件装饰品，就像托尔斯泰一篇小说中的那位丈夫一样，把妻子当作家中的一把安乐椅。

他是一位可敬的人，中国很需要的人，但不是我所要的丈夫。

一次外交活动，一位法国外交官有意撇开妻子，钻到我的车子里，坐在我与顾维钧的中间，伸手摸我。我让其"住手"，并向丈夫望去。顾维钧无动于衷，他在想着国家大事。

在美国华盛顿时，我觉得丈夫变得狂妄自大了，俨然以大人物自居，甚至连我用车都要请示丈夫。一次我患了流感，顾维钧甚至不愿跟我见面。

最让人绝望的是，顾维钧的生活中又出现了另外一个女人。我们的婚姻已是名存实亡。

36年后，1956年，我们的夫妻缘分到了尽头。

晚年的黄蕙兰，住在纽约曼哈顿，靠父亲留给她的50万美元的利息，养狗为伴，孤独终老。在她的回忆录中，对顾维钧虽有怨言，并无一句恶语。直至去世，她还是以"顾太太"自居。

（《作家文摘》总第1533期）

回忆胡适之先生

·唐德刚·

我个人之认识胡先生是从胡氏的偏爱——哥伦比亚大学的校园里开始的。

20世纪50年代的初期正是哥大忙着庆祝立校二百周年纪念之时。胡氏是该校的名校友，因而在校园内集会的场合，常常看到他。

胡先生那时经常在哥大图书馆内看书，来时他总归要来找我，因为我是馆内他所认识的唯一的一位华裔小职员。我替他借借书，查查书。有时也为他开开车，并应召到他东城八十一街简陋的小公寓里吃一两餐胡伯母所烧的"安徽菜"。胡伯母的菜烧得和她的麻将技术一样的精湛。但他二老限于精力不常请客。我去时只是如主人所说"加双筷子"，又因为我是"安徽人"，对他二老的"家乡口味"，一定可以"吃得来"的缘故。

那是50年代的初期，也是大纽约地区中国知识分子最感窒息的时代。当年名震一时的党、政、军、学各界要人，十字街头，随处可见。但是他们的言谈举止，已非复当年。那些挂冠部长、解甲将

197

军、退职学人，到此时此际才了解本身原来力难缚鸡，谋生乏术。

就拿胡适之先生来说吧，胡氏在纽约退休之时，精力犹盛，本可凭借北美之资财，整理中华之国故。孰知他的盖世才华，竟只能在普林斯顿大学做一短期的中文图书管理员。这一职位，在整个大学的行政系统中，微不足道。经院官僚，根本不把这部门当作一回事。后来胡氏在哥大来来去去，哥大当轴对这位"中国文艺复兴之父"表面上还算相当尊敬，但是在敷衍他老人家面子的背后，真正的态度又如何，则非胡氏之所知矣。一次我和当轴一位新进一块儿午餐，他正在罗致人才来充实有关汉学之教研。我乘机向他建议请胡适来帮忙。他微笑一下说："胡适能教些什么呢？"事实上，我也完全了解他这句话是反映了当时美国文教界，对华人学者在美国学府插足的整个态度。那就是只许狗摇尾巴，绝不许尾巴摇狗。但是"我的朋友胡适之"怎能做摇尾之才呢？所以对他只好敬而远之了。

但胡氏真正的可敬可爱的孔门书生的气习，十足地表现在他对他母校关怀的心情之上。

记得有一次胡先生要我替他借一本大陆上出版的新书。我说哥大没有这本书。胡先生惊讶地说："我们哥伦比亚怎能没有这本书?!"胡先生认为"这太不像话"！他约我到他公寓去吃晚饭，并把此事"好好地谈一谈"！

我真的和胡先生为此事谈到深夜，但我内心的反应只是一阵阵的辛酸。我认为胡氏找错了"谈一谈"的对象。然使我更觉难过的是胡氏除我之外，也很难找到适当的对象。胡适之的确把哥大看成北大，但是哥大并没有把胡适看成胡适啊！

胡先生那时在纽约的生活是相当清苦的。当然清苦的也不只他一人。在那成筐成篓的流亡显要中，大凡过去自持比较廉洁的，这时的生活都相当的窘困。陈立夫先生那时便在纽约郊区开设个小农场，以出售鸡蛋和辣酱为生。笔者一次随友趋谒，便曾随立夫先生之后，着胶靴、戴手套、持筐篮、入鸡笼，奋勇与众母鸡大娘搏斗而抢夺其蛋。

适之先生夫妇，年高多病，缚鸡无力，自然更是坐吃山空。他的经济情况和他的健康情况一样，显然已渐入绝境。人怕老来穷，他的有限的储蓄和少许的养老金，断难填补他那流亡寓公生活的无底深渊。早晚一场大病的支出，他转眼就可以变成赤贫。

胡先生是一位有深厚修养的哲人，是一位"不可救药的乐观主义者"，但是他面对晚年生活的现实，有时也难免流露出他发自内心的郁结。他不止一次地告诫我："年轻时要注意多留点积蓄！"语意诚挚动人，声调亦不无凄凉叹息之音。

这些话，我后来才体验到，胡先生只能向我说。他对他的同辈友好、过往宾客，乃至和他很接近的另一位哥大研究生王纪五（王世杰先生的儿子），他也不便说。因为胡先生是位头巾气极重的旧式书生，对个人操守，一丝不苟。他怕一旦传出去，发生政治上的反应，反而不好。所以在那一段50年代的灰暗的岁月里，我们这一些随胡适之跑来跑去的比较年轻的中国知识分子，都没有把胡先生看成高不可攀的大学者或名流显要。我们所认识的胡适之只是一位流亡异域、风烛残年的老前辈！

当我们在胡先生公寓里出出进进之时，虽然我们是毫无求于胡适之这位"国大代表"；但是胡家这两位老人，有时反而少不了我们。因为我们牛高马大，必要时也可呼啸成群，不特能使胡公馆添加些备盗防偷的气氛，我们还有打工用的旧汽车可以载他二老在纽约市上，横冲直撞。这些都是雇不起用人的老年人生活之必需。胡先生1958年春返台前夕，他那几千本书籍便是我和台湾新来的杨日旭二人替他黄夜装箱的。年后胡伯母返台时，她老人家坚持要把她那张又笨又重、破烂不堪的旧床，运回台湾，那项搬运工作，也是由王纪五和我二人执行的。

老实说，那时我们这批所谓"胡适的小朋友们"之所以不惮其烦而乐为之使，实在是基于流亡青年，对一位和祥的流亡老辈之敬爱与同情。他是胡适，我们如此；他不是胡适，我们还是如此。

胡先生是一位十分可爱的老人家。他不是官僚，他更不会摆出什么大师或学者的姿态来装腔作势。他和普通人一样地有喜有怒，其喜怒的对象也不一定正确。一个人喜怒的对象如果太正确，那这个人一定不近人情，而胡先生却是最近人情的"人"。

记得有一次我开车去接他，但是电话内我们未说清楚，他等错了街口。最后我总算把他找到了。可是当我在车内已看到他、他还未看到我之时，他在街上东张西望的样子，真是"惶惶如丧家之犬"！等到他看到我的车子时，那份喜悦之情，真像三岁孩子一样的天真。

胡适之先生的可爱，就是他没有那副卫道的死样子。但是他的为人处世，真是内圣外王地承继了孔孟价值的最高标准。

有一次我问李宗仁先生对胡先生的看法，李说："适之先生，爱惜羽毛。"吾人如不以人废言，则这四个字倒是对胡先生很恰当的评语。胡先生在盛名之下是十分"爱惜羽毛"的。爱惜羽毛就必然畏首畏尾；畏首畏尾的白面书生，则生也不能五鼎食，死也不够资格受五鼎烹，那还能做什么大政治家呢？

（《作家文摘》总第923期）

《致橡树》发表前后

·舒 婷·

"被朦胧"

国内国外，大家都说我是"朦胧诗歌"的代表人物，其实我是"被朦胧"。我曾跟顾城谈到过这个问题，顾城对此也是嗤之以鼻，他也不认为他是"朦胧诗人"。要是问北岛，他肯定也不觉得他是所谓的朦胧诗人。

我住在福建，为什么能被卷到这个事件的中心，并且成为新诗潮的中心人物，我自己也解释不了。我曾经也为这个事情哭过，因为当时确实很害怕：我本是在福建（边远地区）的一个女工—— 一个灯泡工人，一下子变成了焦点；一时间很多批判的声音出现，当时害怕极了。说来说去还是《致橡树》惹的祸，这首诗写在1977年，现在看，它简直成为一个甜蜜的噩梦。因为无论走到哪里，只要介绍舒婷，主持人就会说：这是写《致橡树》的舒婷。于是，"舒婷"这个名字就与"致橡树"等同了。

到国外的朗诵会，我总不愿朗诵《致橡树》。但是，当我朗诵完我的其他诗歌，总会有观众问起这首诗。比如去年5月在洛杉矶理工大学时，一位中年人，也是一位老读者，在我朗诵完之后，走到通道中间对我说：舒婷老师，您还是读一读《致橡树》吧。于是，我没办法，只好硬着头皮再读一遍这首诗，冒充着二十多岁的女孩子，一边读一边"恶心"自己。

我家地址曾被印在鼓浪屿的导游地图上。我抗议过，因为总是被游客一大清早敲门，去开门时，他们会说：舒婷老师，我们还要赶飞机，可不可以跟我们照个相？大家可以想象，早上六点钟，我还没有洗漱呢！因为我的抗议，现在鼓浪屿的导游地图就把我家地址抹去了。但是，现在我还常听到导游在我家巷口拿着话筒咕噜咕噜地说，具体说什么我听不清，但总是隐隐约约地听到"致橡树"三个字。

还有一次，我在国内的酒店住宿。大堂经理看到了我的登机牌，就问：请问您是写《致橡树》的舒婷吗？我在结婚的时候就读你的诗。于是，我就开玩笑似的问他，那你和太太现在还好吗？

我这么说，不是给《致橡树》做广告，因为我不认为它是我写得最好的诗。这首诗之外，我还写有《神女峰》。很多女孩曾跟我说：舒婷老师，我找不到我生活中的橡树。于是，我就写了《神女峰》。某种程度上，它是对《致橡树》的纠正，或者说是一种弥补。

《致橡树》与蔡其矫老师

言归正传，我现在讲讲《致橡树》是如何写成的。1977年的初夏，当时的鼓浪屿并没有很多游客。在一个夜来香弥漫的晚上，我陪着我的老师蔡其矫在鼓浪屿散步、闲谈。他的一生有过很多坎坷经历，他与我聊他遇到过的女性，他说有的女性漂亮，但没有头脑；有的女性有头脑，但又不漂亮；还有些女性既漂亮又有才华，可是不温柔。我听后很生气。怎么男人看女人的眼光那么挑剔？又要温柔，又要漂亮，又要有才气。女性也有自己的想法，我们也对理想中的伴侣有所希冀。所以，那天回到家，我一口气写成了《致橡树》，我记得那时我还发着高烧。第二天，我就把这首诗送给了蔡其矫老师。他抄在一张废纸上，塞进他的书包。

蔡老师与诗人艾青是老朋友。后来，蔡老师就把这首诗带到了北京，给艾青看，还跟艾老说：这首诗是我们福建的一位青年女工写的。艾青看了非常喜欢。据说艾青从来不抄别人的诗，但他竟把这首诗抄在了本子上。

那时候是1977年，艾青还没有平反，他眼睛很不好，就待在家里；他住在史家胡同，北岛天天陪着他。

北岛偶然间看到了这首《致橡树》，他就开始与我通信。我现在还保留着他给我的信件。他当时还附了他的五首诗，其中包括《回答》《一切》等诗作。接到他的信件和诗歌令我非常震动，因为当时我只能在边远的福建偷偷地写诗。这些诗还被当时的知青谱成吉他曲，可我不敢说是我写的。有时候，我写好的诗随手放在桌子上，被其他人看到了，我只能说那是我摘抄的外国诗歌。我向来孤单得很，可是，接到北岛的信后，我才知道在北方，还有一位与我一样不愿写"假大空"诗歌的人，而是书写自己的想法，这真是理想主义者在互相取暖。我特别激动，顿时觉得更有勇气创作了，于是，我们就一直通信。

笔名风波

1978年，北岛与芒克在北京共同创办了《今天》杂志。这一期发表了我、北岛、芒克和蔡其矫四个人的诗歌，还有一些小说和其他作品。北岛向我征求意见，要把《致橡树》发表在民间刊物上。我很激动地给自己取了一个笔名，叫做"龚舒婷"，其中，"龚"是我的姓氏。但是北岛提议把"龚"字去掉，只留下"舒婷"二字。这首诗本名"橡树"，北岛建议改成"致橡树"，他说这也是艾青的意见。从此《橡树》就变成了《致橡树》，我的名字也变成了"舒婷"。对此，我父亲非常愤怒。我本名叫"龚佩瑜"，他觉得这个"龚"字太重要了。有一次，我父亲去西湖游玩，正巧碰到公刘、谢冕等文人，于是，我父亲就被邀请到船上。公刘对他说："舒老先生请坐在这里。"我父亲听后很生气，拂袖而去，说道：我不是舒老先生，是龚老先生！

一年以后，《诗刊》的编辑部主任邵燕祥老师将这首诗发表在《诗刊》1979年4月号上。这首诗发表后，我没有拿到稿费。后来，北岛不好意思地说稿费只有十块钱，他们拿去喝酒了。因为《诗刊》也不知道我在哪里，所以就把这十块钱交给了《今天》。所以，到现在为止我也没有拿到这笔稿费。

（《作家文摘》总第 1941 期）

父母的抗战

·何鲁丽口述　成　琳整理·

父亲弃笔从戎坚持抗战

1937年10月，日本军已经占领黄河北岸，准备攻打济南。在这个过程中，负责第三集团军的山东省政府主席韩复榘，本来应该守土抗战，但他一退再退，到了黄河南边。第二年，韩复榘被蒋介石处决了。

我父亲何思源那时是山东省教育厅厅长，手上没有一兵一卒，本应该随着政府机构撤到后方，但他认为都到后方不行，总得有人在前线抗战，他就选择了留在山东。从1938年10月起，父亲正式开始了在山东的抗日生活，直到1943年。

父亲带着省教育厅的职工，和其他撤退出来的人，退向鲁北惠民县，在那里成立了鲁北行署，他当主任兼游击队指挥。游击队是怎么来的呢？父亲收编了地方武装力量，其中也有一部分绿林好汉，组成 5 个旅、10 个团。队伍发展很迅速，他们很有爱国心。在建武装力量的同时，开始建立健全行政系统，成立《鲁北日报》，开辟邮路，组织培训军政干部，等于有了一个抗战的根据地。当时，父亲跟中共的抗日根据地也有来往，国民党考录了很多模范县长，其中有牟宜之，他就是共产党员。

1939 年下半年起，日本为了占领大城市、打通到海边城市的交通，对鲁北进行拉网式扫荡。日本的长谷川骑兵号称日本铁骑，配备大炮坦克重机枪，疯狂扫荡行署所在地。在这种情况下，父亲多次靠着群众的掩护，才化险为夷。有一回，日军及伪军、特务人手一张我父亲的照片，来扫荡，恨不能马上抓住他。日军堵到村口了，一位姓吴的地方武装的家属赶紧让我父亲坐在马车上，跟日本人迎面而过，所幸没被发现。

因为日军的扫荡，我父亲的个人生活也相当艰苦，有时要在离村子几十里外的芦苇荡里躲藏，在海边喝苦水，吃豆粒。

我们都成了人质

我母亲何宜文是法国人。父亲带着外国妻子和四个孩子在鲁北抗战很不方便，于是在 1941 年把我们送到距鲁北较近的天津英租界内。当时我大哥 8 岁，我妹妹只有 4 岁。

在那兵荒马乱的年月，母亲作为一个外国人，带着我哥哥何理路、何宜理、我和我妹妹何鲁美隐居在天津，独立教养儿女。母亲没有经济来源，而我们吃喝、上学都需要钱。有一次，我一个哥哥得了阑尾炎做手术，母亲急得要命，只能先借钱。父亲知道后，让一位姓吴的女青年化装成城里人，从济南坐车给我们送来钱。我们的日子就是这样，时富时不富。一般是鲁北行署的一支运输队，化装成渔民商贩，向天津运去黄豆、水产品，换购药品、电料等军用物资，附带给我们捎来生活费。

1941年12月8日，珍珠港事件爆发，美英等国对日宣战，天津的日本军队进入了英租界。母亲知道英租界待不住了，就去了意大利租界。就在这儿，我们母子五人于当年12月31日被日军抓起来了。日本人想收买我父亲为汪伪政权服务，南京伪部长或山东伪省长职位让他任择其一。他们要我母亲到山东劝降我父亲，还把我们的照片和劝降信寄给他，威胁他。后来，日本宪兵队长小林爱男把我们五人押上火车，在沧州下车后，又把我们塞到军用卡车里，拉到山东惠民县，软禁在城外的院子里。

父亲收到劝降信后，当众把信撕了。有人劝他说，你这不就等于连家都不要了，报国也得卫家啊。父亲说，不能因为这影响抗战。其实，父亲也是心急如焚，不过他了解外国的法律和国际法，第一，在国际上不能拿妇孺做人质，至少不能公开做人质；第二，我母亲当时持有法国护照，意大利租界当局将法国人交出来，就是帮凶。父亲电请重庆，把在河南的70名意大利传教士和修女集中软禁起来，以牙还牙。还派人到天津、北平等各外国使领馆等机构，揭露日本违反国际公法的行为。

最后，外国报纸也发声了，日本人下不来台，就放了我们。放我们前，通知我父亲，几月几号在哪儿可以接我们母子。其实那是埋伏，日本人准备将我父亲抓走或者打死。我父亲当然知道，就没去。到了济南，日本人让我母亲到广播电台发表声明，承认是自愿来山东寻夫，并感谢皇军的帮助。母亲一概拒绝，说自己中文不好，不能去广播，如果让去，就得说实话。在抗战上，我母亲是非常明大义的。

人质事件后，父亲觉得我们不能在天津待了，就把我们分批接出来，安置到山东农村的根据地，或者是"双不管区"。

父亲与陈毅、荣高棠、张自忠

1944年，抗日进入最后阶段。八路军的势力不断扩大，成为山东抗战的中流砥柱，国民党的正规军已经从山东撤到安徽阜阳。这年秋天，父亲辗转到重庆给蒋介石汇报工作，被任命为山东省主席。回程时，父亲并没有去阜阳，再次只身回到山东，收拾国民党留下的残局，迎接抗战的胜利。

在山东时，父亲跟陈毅有接触，他们在抗战上意见一致。1946年内战爆发后，陈毅是解放军，我父亲是国民党山东省主席，按说不应该来往了，但他们还互相惦记着。陈毅给我父亲送过草帽，我父亲也回送了东西。

父亲是文人、教育厅长，救过胡也频、丁玲，跟胡适、徐悲鸿都有往来。但他反复跟我提的人是荣高棠。荣高棠那时是清华大学学生，新中国成立后任中华全国体育总会副主席兼秘书长、国家体委秘书长等职。荣高棠也跟我说过："别人我不记得了，我记得你爸爸。"

1937年8月，北平学生组成的移动剧团来到济南。这个剧团是按照时任中共北平市委书记黄敬的指示，由"中华民族解放先锋队"总部组织成立的。这其中就有荣高棠、张瑞芳、张楠等后来很有名的人。我父亲帮助他们在山东进行抗日救亡演出，给他们提供经费，并将剧团改名为"教育厅移动剧团"，请他们到淮县、兖州、徐州、台儿庄、曹县等地演出了《放下你的鞭子》《打鬼子去》等抗日剧目。剧团走时，父亲慷慨地送给剧团400元钱做路费。

剧团在慰问张自忠的五十九军时，父亲与张自忠将军再次相见。朋友见面，格外亲切，两人长谈各自打算，父亲说出了坚持抗战的决心，张自忠赠送父亲一批枪支弹药，供他在山东抗战。1940年，张自忠将军为国战死，父亲得知后十分悲痛。后来，他当北平市市长时，把一条大街命名为"张自忠路"，作为对朋友的追悼。

（《作家文摘》总第1984期）

王洛宾在北京的最后岁月

·李培禹·

第一次也是最后一次登上首都舞台

那是 1995 年初，我到新疆采访，顺便拜访了仰慕已久的王洛宾先生。我的朋友、新疆著名作家李桦是洛宾老人的挚友。也许是好友引见的缘故，那天，洛宾老人十分高兴，拉上我们到一家正宗新疆风味的餐厅吃饭。饭后我们一起回到他的寓所，老人带我看他用于创作的房间，还有台湾作家三毛住过的卧室。谈着谈着，老先生竟把埋藏在他心中多年的一件大事托付给了我：他希望在北京度过他艺术生涯 60 周年的喜庆日子，他希望在首都的舞台上和喜爱他歌曲的朋友们见见面。

我带着重托回到北京。1995 年 6 月 30 日，北京展览馆剧场前的广场上，升起了由彩色氢气球牵引的巨幅标语——"祝贺王洛宾艺术生涯六十周年"的红色大字格外引人注目。随着"半个月亮爬上来"那熟悉的旋律响起，文艺晚会拉开了帷幕，整场晚会高潮迭起。尤其是82岁的洛宾老人登台，原汁原味地演唱了歌词长达五段的《在银色的月光下》和在伊犁刚刚创作的《蓝马车》两首歌，让现场爆了棚。再次登场时，他带着灵气十足的北京歌舞团青年演员颜丙燕"孙女"载歌载舞，那迷人的艺术风采更是倾倒了全场观众。

7月底，我接到洛宾老自乌鲁木齐寄来的快件——

培禹好友：

北京音乐会很成功，再次向你感谢。厦门之行，收获也不小，最大的满足，是广大观众们都很喜欢我……在厦门为臧克家先生的诗谱了一曲，有机会费神转给他老，并带问好……

两位世纪老人的会面

洛宾为臧克家的诗谱曲的事，这也是值得记下来的一段佳话。

王洛宾1912年12月28日出生于北京，从上世纪30年代他离开北京师范大学音乐系、投身西北战地服务团起，再回到北京，已是半个世纪过去了。然而，难以割舍的老北京情怀，却时时萦绕着他。

庆贺艺术生涯60周年音乐会举办后的一天，我们伴着他在一条条小胡同里信步走着，从朝阳门外一直步入朝阳门里的南小街。走着走着，我忽然发现，我们竟来到了赵堂子胡同，著名诗人臧克家的院落前。这散步的"意外"，像是老天冥冥之中的安排，促成了两位世纪老人的会面。

我知道，那时年已91岁高龄的臧老近年身体一直不太好，极少会客，我很久不忍上门打扰了。可这天，我还是按响了那扇朱红色大门上的电铃。来开门的是臧老的夫人郑曼，她热情地把我让进院里。我犹豫了一下，说："今天，我陪王洛宾逛逛北京的胡同，路过这儿，想见见臧老，不知……"

"王洛宾？西部歌王？王先生在哪儿？快请进。"郑曼热情地搀扶着洛宾老人，一边带我们走进客厅，一边说："昨晚电视新闻里播了，我们都看到了，老先生从艺60年，很不容易。怎么能不见呢？"

一会儿，臧老从书房走出来，向王洛宾伸出了双手。王洛宾迎上前去，两位饱经沧桑的老人，20世纪杰出的诗人与歌者的双手，紧紧地握在了一起。

王洛宾说："我在北京师范大学念书时，就读您的诗，《老马》《春鸟》等名篇，现在还能背得出来。"臧克家说："当年我在大西南。你在大西北，战地服务团吧？50多年了……你的那么多民歌，是歌，也是诗。"

郑曼为我们沏上浓浓的香茶，然后嘱咐老伴："心脏不好，不要太激动啊。"臧老挥挥手，说："不要紧，我们慢慢聊。"他关切地问起王洛宾的身体怎么样，王洛宾说："3月份刚做了胆切除手术，现在不错，昨天还在舞台上表演，一连唱了三个歌。"

在一旁的臧老小孙女，这时拉着"西部歌王爷爷"的手说："爷爷，表演一个节目吧！行吗？"臧老女儿苏伊马上把她拉过来。王洛宾老人却笑了，风趣地说："请客人表演，你得先表演，怎么样？"小姑娘眨了眨眼睛，问妈妈："唱哪个歌？"苏伊说："就唱你平时爱唱的王爷爷的歌吧。"于是，小姑娘带着表演动作，唱起来——

掀起了你的盖头来，

让我来看看你的眉，

……

童声童趣，给两位老人带来很大的快乐，大家鼓起掌来。臧克家说："你的歌有翅膀，很多人都会唱。"

王洛宾拿出一本《纯情的梦——王洛宾自选作品集》，翻开扉页，在上面写了"臧克家艺兄指正 洛宾1995年7月1日"，送给老诗人。臧老让夫人取来新近再版的《臧克家诗选》，也在扉页上写下"洛宾艺兄存正 克家1995年7月1日"，回赠给老音乐家。

作曲家最后的创作

王洛宾翻开厚厚的诗集，对臧老说："小朋友刚才唱完了，该我了。我即兴为您的一首诗谱曲，然后唱给您听听，看您满意吗。"臧老和大家都拍起手来。

王洛宾选的是臧克家写于1956年的题为《送宝》的短诗。他略作构思，便放开喉咙——

大海天天送宝，

沙滩上踏满了脚印，

手里玩弄着贝壳，

脸上带着笑容，

在这里不分大人孩子，

个个都是大自然的儿童。

歌声婉转抒情，十分动听，臧老听罢高兴地站起来，连声称赞，并意味深长地说："好听的歌子在生活中，你的旋律是从那儿来的。"

王洛宾郑重地对老诗人说："我要再为您的诗谱写一首曲子，会更好的。"臧老说："谢谢你了。"

离开时，臧老执意要送一送。于是，两位耄耋老人相互搀扶着，慢慢地穿过弥漫着丁香花香气的庭院，来到大门口。洛宾老人再次与他景仰的老诗人紧紧握手。臧老则一直目送着"西部歌王"远去……

王洛宾没有食言。他在给我的信中，附有一页歌谱，是他为他的"艺兄"臧克家的名篇《反抗的手》创作的——

　　　　上帝给了享受的人一张口

　　　　给了奴才一个软的膝头

　　　　给了拿破仑一柄剑

　　　　也给了奴隶们一双反抗的手

曲子用了 d 调，4/4 拍，旋律高亢而有力度。这，也许是这位著名作曲家最后的创作了。

欢乐的时光总是过得太快，就要分别了，洛宾老紧紧握着我的手，说："这些天，你辛苦了……"我怎么也没有想到，这竟成了与王洛宾先生的永别。

1995 年 12 月底的一天清晨，下了夜班刚刚睡着的我被一阵电话铃声吵醒，原来是洛宾老人到了首都机场，电话是他打来的。听来，老人十分兴奋："告诉你一个好消息……"他告诉我，文化部正式通知新疆有关部门，要自治区歌舞团赶排一台歌舞节目，全部用王洛宾的作品，准备出国演出。这次是应邀去新加坡访问路过北京，回来后我们再见面。

当时，我和洛宾老都不可能想到，我们竟再也不能见面了……距我们那次通话两个多月后的一天，1996年3月14日凌晨，王洛宾老人在那遥远的地方溘然长逝。

（《作家文摘》总第1991期）

孙维世妹妹与我家

· 刘心武 ·

与孙家是世交

我祖父刘云门是孙炳文的好友，他俩在日本留学时都加入了同盟会。20世纪20年代初，孙炳文和朱德赴德国留学之前，在我家什刹海北岸的寓所借住了多日。我父亲刘天演那时大约十六七岁，朱德见他骑自行车很顺溜，就提出来让他教骑自行车，父亲也就真的手把手教了起来，朱德没几下也就学会，这事给父亲留下非常美好的记忆。解放后，父亲从重庆调往北京海关总署工作。

孙炳文和朱德在德国见到周恩来，周恩来介绍他们加入了中国共产党。他们没多久就一起回国，投入了第一次国共合作的大革命中。那时我祖父先一步到广州投入大革命，任教于中山大学。我父亲为生计漂泊在外。留在北京的后婆婆对我母亲非常不好，孙炳文和任锐夫妇听说，就写了一封信给我母亲，让母亲离开苛酷的后婆婆，住到他们家。母亲到孙家不久，孙炳文、任锐夫妇也奔赴广州，但他们对我母亲做出了妥善安排，让她再住到任锐妹妹家去，而任锐妹妹任载坤，即著名哲学家冯友兰的夫人。我妈妈说起这些社会关系，不以男方为坐标，她管任锐叫二姨，冯夫人为三姨，大姨呢，是嫁给了后来四川天府煤矿总经理兼总工程师的黄志煊（黄爷爷是祖父的忘年交）。孙、冯两家，以及三位姨妈，还有两家的孩子，对我母亲都非常好。在孙家，那时长子孙宁世还是个少年，就热爱《红楼梦》。三女孙维世还是个儿童，很喜欢当众唱歌跳舞，大方活泼。在冯家，三姨后来生下一个女儿名叫冯钟璞。后来我父亲结束漂泊找到稳定工作，才把妈妈从冯家接走。

孙炳文在1927年国共分裂的"四一二政变"中，蒋介石亲自下令，被残暴地腰斩于上海龙华。我祖父写了《哀江南》长诗，痛斥蒋对孙中山的背叛。那时任锐刚生下小女儿，从广州抱到上海不久，据说反动派来搜查住所时，用刺刀挑起尿片，气势汹汹，倘若那刺刀稍一偏斜，那小女儿也就结束其生存了。任锐为继续革命东躲西藏，无法抚养小女儿，就把她送到大姐，也就是我母亲所称的大姨即黄婆婆那里。因为这个小女儿生在广州，就取名黄粤生。

黄粤生与我家

大约1956年初秋，忽然有人到钱粮胡同海关宿舍大院找我母亲。她是一位风华正茂，脸蛋红苹果般放光，穿着"布拉吉"（苏联式连衣裙）的女子，她走近我家，母亲迎出还没站稳，她就热情地扑过去紧紧拥抱，还重重地一左一右亲吻母亲脸颊。我在母亲身后看得吃惊，因为那样的见面礼只在外国电影里见过，偶然目睹的邻居也觉扎眼。那位来客就是黄粤生。她在黄家长大后，养父母告诉了她亲生父母是谁。父亲牺牲许久了，母亲任锐曾与姐姐孙维世和哥哥孙名世齐赴延安，同入马列学院学习，两代三人成为革命学府的同学，一时传为佳话。任锐在1949年初病逝于天津，孙名世则牺牲在解放战争的淮海战役中。孙维世后来到苏联学习戏剧，解放后年纪轻轻就担任了中国青年艺术剧院的总导演。黄粤生1949年从重庆转道香港到达北京，携着姐姐的亲笔信到中南海找到邓颖超，也被接纳为义女。后来黄粤生到苏联列宁格勒大学攻读俄罗斯与苏联文学，她那次来看望我母亲，是已学成回国，并已被安排到北京大学曹靖华担任系主任的俄罗斯语言文学系担任讲师。

黄粤生在1966年6月以前，生活非常顺遂幸福。大概是1964年，那时候我父母已经到张家口去了，我因1959年高考失利，只被北京师范专科学校录取，毕业后分配到北京十三中教书。有一天粤姑姑邀请我到她家做客。那时她住在中关村，那套单元应该是其夫李宗昌（她让我叫他李叔叔）分到的。李叔叔在中国科学院某研究所工作。那时他们的两个女儿好像都已经上学。他们给我看留苏时的照片，留我吃饭。我不记得都聊了些什么，只留下一种温馨的氛围记忆。

劫后余生

在1981年夏天，那时我已经发表过《班主任》，进入了文艺界，被北京市文联接收为专业作家。忽然有一天，我接到电话，是黄粤生打来的，很亲热地问我："还记得粤姑姑吗？"怎么会不记得呢？她约我去她的住处见面，我问还在中关村吗？她说现在住在南沙沟，告诉了具体的地址。

北京钓鱼台国宾馆附近的南沙沟，那时候盖了不少高档住宅，分配给副部级以上的干部或民主人士及个别社会知名人物居住。我按图索骥，找到了粤姑姑居住的地方。她开门迎客。度过"文革"的劫波，她略显憔悴，但风度不让当年，脸蛋依然红苹果一般。当她请我喝茶吃点心时，我还问："李叔叔呢？"粤姑姑就告诉我，宗昌叔叔已经因癌症去世了，我不禁长叹。她主动说起粉碎"四人帮"后的生活变化。她重新见到了邓妈妈。邓妈妈关于孙泱（孙宁世）和孙维世之死这样开导她："革命嘛，总会有人牺牲。"她说她恢复了最早的名字：孙新世。李叔叔去世以后，两个女儿都到外面上学去了。因为姐姐惨死，姐夫金山身心也备受摧残，她就搬到金山这里照顾他。最初，是他们各在一室，晚上如果金山身体出现问题了，就按电铃，她闻声赶到金山身边照顾。"后来，觉得这样很麻烦……你懂，我们也产生了感情……我们就住到一个房间了……现在，我们正式结婚了。"说完最关键，显然也是她说出来最感吃力的这几句，她望着我。我虽确实有些吃惊，迟疑了一下，也就说："能理解。这样也好，你们可以——"她不等我说完就接过去："相依为命吧！"

王小波，晚上能来喝酒吗？

·刘心武·

什么是友情？友情的最浅白的定义是"谈得来"。人生苦短，得一"谈伴"甚难。但人生的苦寻中，觅得"谈伴"的快乐，是无法形容的。

"谈伴"的出现，又往往是偶然的。

记得那是1996年初秋，我懒懒地散步于安定门外蒋宅口一带，发现街边一家私营小书店，有一搭没一搭地迈进去。

店面很窄，陈列的书不多，不过终于发现有一格塞着些文学书，其中有一本是《黄金时代》，"又是教人如何'日进斗金'的'发财经'吧？怎么搁在了这里？"顺手抽出，随便一翻，才知确是小说，作者署名王小波。

我试着读了一页，呀，竟欲罢不能，就那么站在书架前，一口气把它读完。我无法评论。只觉得心灵受到冲击。也不是完全没听说过王小波。我模模糊糊地知道，王小波是一个"写小说的业余作者"。真没想到这位"业余作者"的小说《黄金时代》如此"专业"！

那天晚饭后，忽来兴致，打了一圈电话，接电话的人都很惊讶，因为我的主题是："你能告诉我联系王小波的电话号码吗？"广种薄收的结果是，其中一位告诉了我一个号码："不过我从没打过，你试试吧。"

我迫不及待地拨了那个得来不易的电话号码。那边是一个懒懒的声音："谁啊？"我报上姓名。那边依然懒懒的："唔。"

我直截了当地说："看了《黄金时代》，想认识你，跟你聊聊。"他居然还是懒洋洋的："好吧。"语气虽然出乎我的意料，传递过来的信息却令我欣慰。

我就问他第二天下午有没有时间，他说有，我就告诉他我住在哪里，下午三点半希望他来。第二天下午他基本准时，到了我家。坦白地说，乍见到他，把我吓了一跳。我没想到他那么高，都站着，我得仰头跟他说话。

请他坐到沙发上后，面对着他，不客气地说，觉得丑，而且丑相中还带有些凶样。可是一开始对话，我就越来越感受到他的丰富多彩。开头，觉得他憨厚，再一会儿，感受到他的睿智，两杯茶过后，竟觉得他越看越顺眼。

我注意到他手里一直拎着一个最简陋的薄薄的透明塑料袋，里面正是一本《黄金时代》。我问："是带给我的吗？"他就掏出来递给我，我一翻："怎么，都不给我签上名？"我找来笔递过去，他也就在扉页上给我签了名。我拍着那书告诉他："你写得实在好。不可以这样好！你让我嫉妒！"

从表情上看，他很重视我的嫉妒。

我已经不记得随后又聊了些什么。只记得渐渐地，从我说得多，到他说得多。确实投机。我真的有个新"谈伴"了。眼见天色转暗，到吃饭的时候了，我邀他到楼下附近一家小餐馆吃饭。记得我和王小波选了里头一张靠犄角的餐桌，我们面对面坐下，一边乱侃一边对酌起来。我不知道王小波为什么能跟我聊得那么欢。我们之间的差异实在太大。

那一年我54岁，他比我小10岁。我自己也很惊异，我跟他哪来那么多的"共同语言"？"共同语言"之所以要打引号，是因为就交谈的实质而言，我们双方多半是在陈述并不共同的想法。但我们双方偏都听得进对方的"不和谐音"，甚至还越听越感觉兴趣盎然。我们并没有多少争论。他的语速，近乎慢条斯理，但语言链却非常坚韧。他的幽默全是软的冷的，我忍不住笑，他不笑，但面容会变得格外温和，我心中暗想，乍见他时所感到的那分凶猛，怎么竟被交谈化解为蔼然可亲了呢？

那一晚我们喝得吃得忘记了时间，也忘记了地点。微醺中，我忽然发现熟悉的厨师站到我身边，弯下腰望我。我才惊醒过来——再环顾周围，其他顾客早无踪影，我酒醒了一半，立刻道歉、付账，王小波也就站起来。

出了餐厅，夜风吹到身上，凉意沁人。我望望王小波，问他："你穿得够吗？你还赶得上末班车吗？"他淡淡地说："太不是问题。我流浪惯了。"我又问："我们还能一起喝酒吗？如果我再给你打电话？"他点头："那当然。"我们也没有握手，他就转身离去了，步伐很慢，像是在享受秋凉。

王小波回国后先后在北京大学和中国人民大学任教，但是到头来他毅然辞去教职，选择了自由写作。那时候王小波发表作品已经不甚困难，但靠写作生存，显然仍会拮据。我说反正你有李银河为后盾，他说他也还有别的谋生手段，他有开载重车的驾照，必要的时候他可以上路挣钱。

1997年初春，大约下午两点，我照例打电话约王小波："晚上能来喝酒吗?"他回答说："不行了，中午老同学聚会，喝高了，现在头还在疼，晚上没法跟你喝了。"我没大在意，嘱咐了一句："你还是注意别喝高了好。"也就算了。大约一周后，忽然接到一个电话，声音很生，称是"王小波的哥儿们"，直截了当地告诉我："王小波去世了。"我本能的反应是："玩笑可不能这样开呀!"

但那竟是事实。李银河去英国后，王小波一个人独居。他去世那夜，有邻居听见他在屋里大喊了一声。总之，当人们打开他的房门以后，发现他已经僵硬。医学鉴定他是猝死于心肌梗塞。为他操办后事的"哥儿们"发现，在王小波电话机旁遗留下的号码本里，记录着我的名字和号码，所以他们打来电话："没想到小波跟您走得这么近。"

骤然失去王小波这样一个"谈伴"，我的悲痛难以用语言表达。生前，王小波只相当于五塔寺，冷寂无声。死后，他却仿佛成了碧云寺，热闹非凡。

面对着我在五塔寺的水彩写生，那银杏树里仿佛浮现出王小波的面容，我忍不住轻轻召唤：王小波，晚上能来喝酒吗?

（《作家文摘》总第1911期）

林青霞林文月香江会

·金圣华·

去年年底，林文月来电说，今年初她会来香港一趟。我把消息告诉林青霞，她听罢显得跟我一样兴奋。

跟林文月相识相交30年，是学术圈文化界的挚友；跟林青霞认识超逾十载，虽然圈子不同，却因性情相投，成了无话不谈的好友。而林青霞跟林文月无论在公在私，都素未谋面，尽管她们都来自台湾，尽管一位是公认的大才女，一位是公认的大美人。

"林文月来了，她几时有空？我们见个面吧！"青霞兴冲冲地提议。她是在文字书籍里认识林文月的。自从开始写作以后，她爱上了阅读，总觉得自己根底不厚，要在名家的作品里吸收养分；每次看完什么文章，就会来电讨论，通常是凌晨过后夜阑人静时。她最喜欢的作家是沈从文、杨绛和林文月，欣赏他们朴实无华的文风，真挚细腻的感情。林文月的《午后书房》，她看了；《饮膳札记》，也看了，书柜上还放着《作品》，至于大部头翻译巨著《源氏物语》，则准备拨出空当，静下心来时，才好好拜读。

224

约林文月见个面？怎么约？我心里头琢磨着。抽出时间来跟一个素未谋面的朋友相见，弄不好会变成应酬，我怎么忍心给她施加无形的压力呢？于是，频频去电台北，询问她来港的日程与安排。文月说，现在女儿思敏变成她的贴心秘书了，一切由她接洽联系。

这边厢，青霞在兴高采烈地悉心安排，"1月7号活动完后来我家晚餐吧！"当然，还要邀请一起来港的白先勇共聚。那边厢，林文月来港后到底哪天有空？会不会愿意做客？完全不得要领。电话来来回回，电邮往往返返，穿梭联络于双林之间，心中不免有点焦灼，这情况似曾相识，不由得想起了十年前的一桩往事。

那一年香港翻译学会成立35周年，我正好出任会长，为了会庆特地举办了连串活动，并邀请名家如林文月、龙应台等来港出席。记得那是5月的某一天，正准备去机场接文月，电话响了，是青霞打来的，声音低沉沙哑，哀伤之情难掩。她说父亲在台湾过世了，而她因家里装修暂住在香港，说连日来心情落寞，想见见我。听完电话，我跟先生说，"你赶紧开车去机场接林文月，我这就去看林青霞。"于是，我们兵分两路，夺门而出。

在青霞暂住的公寓里，看到形容憔悴的她，相对良久，都不知道该怎么开口去安慰痛失至亲的好友。终于打开话匣子了，她说要为父亲好好办理后事，但不知道在追思会上该说些什么，然后她开始缓缓诉说着和父亲相处的历历往事。

"小时候，我总是蹲在眷村的巷口等爸爸，他一回来，我就扑上去抓住他的大手。"说时眼神迷茫，似乎失落在遥远的时空，记忆的雾霾中。"后来，伯父老了呢？"我轻轻问她。"啊！那时候，是他牵着我的手了！"不久，青霞就写出了动人心弦的《牵手》，文章里描绘着："最后一次陪父亲到台北中山纪念馆去散步，父亲紧紧地握住我的手，脸上呈现出来的神情既温暖又有安全感，就仿佛是我小时候握着父亲大拇指那种感觉一样。"

最近重读文月的作品，看到了她说起另一半的文章："很多年以前，我遇到一双赤手空拳的手，那双手大概与我有前世的盟约"，看完内心触动，有谁可以把宿世的姻缘说得这么含蓄而真挚？如今，这两位分别以"手"的意象来书写至亲之间父慈女孝和鹣鲽情深的作者，即将越洋相逢，岂不是一桩让人期盼的美事？

终于约定了——这双林之会的日期定在1月7日台湾名作家来港出席香港大学文学座谈会的当天，时间是座谈会后约九时左右。

傍晚时分，先去青霞处会合，等她打扮停当。平时性格低调、穿着素净的她，每次要见心仪的文化界前辈时，总喜欢穿上讨喜的鲜色，拜会季羡林时她穿鲜绿，探访黄永玉时她穿大红，那天，她穿上红绿相间的外套，配上翠绿的长裤。

座谈会开得精彩，气氛热烈，时间也久。好不容易散会了，作家们步下舞台，这一边，香港大学的工作人员立即上前，团团包围，簇拥林文月母女而去；那一边，白先勇给书迷重重围拢索求签名，忙得不亦乐乎，良久不能脱身，使台下等待的青霞与我有点顾此失彼。忙乱一番，终于把客人找齐，在夜色苍茫中，白先勇、林文月及女儿郭思敏，加上我，坐上主人家一早准备的七人车，登山而去。

青霞待客的宵夜设在她的"半山书房"。一进门，青霞就殷勤招呼客人。明知道她一向喜欢朋友，也曾介绍她先后认识董桥、傅聪和余光中文化界名家，但是从来没有见过她像当晚那样忙进忙出，生怕怠客。看来，她真的很在乎当晚的贵宾，连宵夜的菜式都费煞思量，曾经想过准备鲍参翅肚，又以太刻意而改变念头。结果，她以饺子、炒面和家里的名菜来招呼客人。接着还搬出了大堆瓜子来佐酒。瓜子特别香脆，白先勇说一吃就停不了。青霞一听大乐，告诉大家这是前一天特别从楼上邻居那里要来的，神情喜滋滋像个受了夸奖的小女孩。

五人围坐在圆桌旁，天南地北无所不谈，气氛随意而闲适。突然，青霞用手指着我，开口问文月，"为什么她老是说你很害羞?""我的意思是低调。"我急忙解释。"哪里! 你是说过害羞啰!"她可偏偏要拆穿我! 文月却不以为意。

于是，"害羞"就成了桌上的话题，白先勇说自己中学时代非常害羞，木讷寡言；林青霞说自己一向十分怕羞，不敢面对群众。"那你为什么要去演戏?"思敏不解。"我喜欢演戏，因为可以幻化成各式各样的角色，而不是在演自己"，这是青霞的解释。听说历来中外的杰出演员，多半是很怕羞的，大概是因为对自己要求很高，一切都期望完美的缘故。其实，演员在扮演他人，忘乎所以的时刻，跟作家专注伏案，振笔疾书，进入忘我的创作状态时，大概也心境相近，神情相若吧?

最近为台湾目宿媒体拍摄了一部叙述个人写作生涯的影片，邀请林文月拍片，绝非易事，本来不愿意出镜的她，三年来经两位导演锲而不舍的游说，持之有恒的追访，才首肯摄制《读中文系的人》。网上记载，文月曾经说："我是林文月，不是林青霞。我不是演员，我演我自己，可能演得更不好。"此话不知是否属实，假如真有其事，文月说时，当还不认识青霞，哪里知道这位演戏经验丰富的巨星，原来觉得最难演的角色就是自己，直到去岁，年届60的她才开始真正释放自己。而另一方面，要鼓励林青霞在繁忙的日常生活中摈弃一切，潜心写作，也并不容易。

这些年来，眼见她才华渐露，进步神速，总希望她继续向前，笔耕不辍。经常以名家之言共勉，而青霞最受用的一句话，就是林文月的名言："我用文字记下生活，时过境迁，重读那些文字，惊觉如果没有文字，我的生活几乎是空白的。"

不错，哪怕拍摄了一百部影片，饰演的都是他人的形貌，而真正的自我世界，绵绵情思，款款心曲，不托付文字，沾染墨迹，他日韶光流逝，又何处留痕何人知？

林文月的《读中文系的人》上演时，我和青霞结伴共赏。跟她一起看过不少电影，从来没有见她这么入神，这么专注。目宿的赠券近在第二排，抬头仰望得十分辛苦，开场后十分钟，发现最后一排还有两个空位，我们急忙起身换位，拾级向上时，青霞一步一回头，连银幕上的一分一秒都不愿错过，眼前的她，的确如笔下文章《你现在几岁》中所说，是一个卸下包袱、虚心求教的"新生儿"；而银幕上的林文月却演得从容自然，戏如其人，人如其文，戏里戏外，都是真我。

两位好友，她，有才而美；她，美而有才。前者人淡如菊，后者清丽脱俗。无论如何，能安排才情绰约、蕙质兰心的双林在香江聚首，相见言欢，诚为佳话。

（《作家文摘》总第 1935 期）

228

江南遗梦似风烟——记黄裳与黄宗英

·励 俊·

知慕少艾

故事还得从70多年前说起。

1941年秋，初中毕业的黄宗英由其兄黄宗江介绍进入上海职业剧团，成为一名演员。她第一次登台是在《蜕变》里演姨太太，大获成功。有着一双清澈大眼睛的小姑娘黄宗英，从此被观众们亲切地唤作"甜姐儿"。

当时，围绕在黄宗江身边的人有"黄家班"之称。黄宗江曾这样回忆："李德伦和我，还有我的两位燕京同学，我们四条汉子住进了一间楼顶屋，我们共同的小妹黄宗英和租来的钢琴在楼下客堂。""黄家班"的住所很快成为年轻人的小沙龙，"整日高朋满座"。作为黄宗江中学时代的同窗好友，黄裳就是常常跑小沙龙的年轻人之一。

当时黄裳在文坛崭露头角，用着各种化名，偶尔也用本名。初入大学的他（1940年，黄裳考入上海交通大学电机系）大概颇为空闲，弄笔之余就喜欢看戏及与朋友们聊天。黄宗英是"黄家班"的小妹，她的率真和活力有着难以描摹的吸引力。果然，相处一久，年轻人之间的情感似乎有了变化。

黄裳在《锦帆集外》的《李林先生纪念》中，有着详细的自述：

> 这时Y从天津来沪演戏，请他补习英文。他也常去看戏，对于台上的笑谑也总微笑着欣赏着。不知如何，他似乎看到了一点什么，跟我说：Y并不算十分美。当时也就笑笑过去了。后来Y在上海大红，被称为"舞台上最美丽的女演员"。我想起当时也是红极一时的被改编为电影的一本美国女作家的小说，开头的两句，形容女主角并不美，但是有使人不易忘记的一种个性的话。

关于知慕少艾的情景，黄裳还有一篇追忆性质的《断片》收在《锦帆集》中，此不具引。可惜这份情刚刚萌芽，男主角还没来得及表白心迹，就和女主角分离了。1941年12月8日，太平洋战争爆发，"孤岛"上海沦陷，"黄家班"所在的话剧圈子萧条而充满危险，戏是演不下去了。交通大学内迁至重庆，1942年的冬天，黄裳和黄宗江等一行结伴离沪去大后方。

离愁与初恋的蔓延，让人难以自拔。在黄裳一行临走之前，李尧林先生（巴金的哥哥，即翻译家李林）为他们饯行，并"要我代为通知，也约了Y"。李老师必然是看出端倪，一面是男主角的暗恋，一面是女主角的蒙在鼓里。也许，他是想为他的学生创造一些机会？

在《李林先生纪念》中，黄裳写道：

> 那一天天气很好，下午五时，我们乘车子去赴宴。自
> 然也是淡淡的……不知怎样有些拘束，还没有平时我们这
> 些人在一起时的热闹。吃完饭，Y 赶着去上戏，我与 W 到
> 咖啡馆里去吃水……

男主角口拙，有些话始终没能说出口，只能在离别之后寄情于
诗：

> 唱断天涯梦里词，灯前红叶系人思。
> 何堪更着铢衣舞，月白风寒欲堕时。

鱼雁往来

1943 年初，到了重庆以后，黄裳住在离城三十里路的乡下，黄
宗江则在城里剧团里演戏。然而在重庆的读书生活并不怎么愉快，
乱世别离和现实的苦闷让人特别容易惦念家，而黄裳那怀恋的心情
似乎愈来愈浓。写于那个时期的《音尘》开始回忆道：

> 两个月以前，我的感情粗糙得快不能使这些景致在我
> 心里生根。可是时间能使人变窄，我渐渐熟习于到这里来
> 享受一份寂寞，从明眸笑语下面领略一份寂寞。这终于变
> 成了我的生活的一部分。虽然在施舍者是不自知的。

231

我终究不过仅仅止步于欣赏，也许是留给我的时间太
匆促了……

这最后一句"止步于欣赏"略带含蓄。文章的写定时间是在
1943年的6月17日。原来这一年的夏天，黄宗英在北京与郭元同结
婚了。在黄裳一行离沪西行时，黄宗英是被黄宗江郑重托付给郭元
同的。不过当时，大家都未料到之后的联姻。从黄宗英晚年回忆来
看，这场婚礼颇有意气用事的地方，更像是所谓"冲喜"。因为新郎
病得不轻，由人搀扶着行礼，而婚后的第18天便因病去世了。少不
更事的女主角第一次体会到生离死别，但对于婚姻大概仍无概念。
黄宗英的性格倔强而有男子的英气，早年十分叛逆，她曾经说过：
"我虽然喜欢童话《灰姑娘》，却怀疑灰姑娘嫁给王子以后会不会真
的幸福。"

从黄裳的家书可知，当时黄宗英和黄裳有鱼雁往来。经过这么
多年，这些信现在早已荡然无存。只能从文章中找到一些线索，在
此引用《〈锦帆集〉后记》中的描述吧：

给一个人写了几封信，诉说的也还是一些无聊的小事
情。这时我正知道了关于Y的一些事，一些想不到的事。
在水市巷的一所轰炸后的楼房下面，看到了几封信，信里
有几句话，我抄了下来，在日记里："我珍惜我小小的力
量、生命和爱，我要把它们给我爱的人们。我不愿意作什
么大事业，想替你们作极小的事。我读书，我弹琴，努力
的求知识，学许多的事情，都是为要做你们最好的伴侣。"

原本朦胧的情感和忧愁的离绪，又加上了"怜"，此时全化为对伊人的相思了。战时，大后方和沦陷区的通信很不容易，于是不久，一封写给"小妹"的信，以《闲话重庆》的名字发表在《万象》第三卷第六期，有代柬的意思在里头。这些早年的文字，如此亮色，但实际的生活恐怕并非如此。从此，"黄裳"成为一个较为固定的笔名。

《闲话重庆》这篇文章，后来收入《锦帆集外》。而这些未曾实寄的信笺陪伴着黄裳从重庆到北碚，到昆明，到湘北，到桂林，到贵阳，到印度……收在《锦帆集》和《锦帆集外》中的篇章，寄许了黄裳那段相思故事。写完《去国草》后，他就从戎成了赴缅随军的一名翻译官。1945年8月日本宣布投降，大后方的各界人士都沉浸在欢乐的气氛中。回到昆明的黄裳也开始憧憬回故里的景象，在等待返程的日子里，黄裳成为《文汇报》记者，写出了著名的报道。

彻底终结

在重庆苦熬了近一年，黄裳终于回到阔别已久的上海。然而此时家园已经物是人非，他所恋着的小妹已经出嫁程述尧。程述尧是南北剧社的社长，圈内人士，后来做到兰心大剧院的总经理，是上官云珠的一任丈夫，一个有名的"公子哥儿"。黄宗英与程述尧的婚姻也非常短暂。回忆起程述尧，黄宗英曾说过：

> 当时我就觉得，我只要有一个好人可以依靠就行了。当时，我很满意他是个好人，可日子久了，他回来老跟我说，给我买了乐圣斋的酱牛肉，哪儿小市什么东西挺好。

一年多了，他一本书也不看，这把我急得不得了，他回来之后我没话跟他说。

1946 年 8 月黄裳跋《露间诗》时，留下"堪念寂寥江上语，最怜凄咽露间诗"这样一句。为谁而作，不言自明。同月他被派驻到南京。那年 9 月，黄裳在南京鸡鸣寺看到古胭脂井，想起当年他和黄宗英关于张丽华的笑谑，不禁感慨系之，写下《露间诗》，凄婉哀伤，署名则改为黄伯思。黄伯思固有其人（北宋名家），但此处的"伯思"二字却应该作拆字解，就是"人白思"的意思吧。

1947 年，黄裳给黄宗江也写过一封信，提到黄宗英：

> 宗甄信告小妹盲肠炎在虹桥疗养院开刀。不然还不知道。今年去看了一次，尚好。幸而洋场小报记者均未在座。花篮橘子蛋糕不少，宗英瘦的可怜，据说 20 天没有吃饭了。工作苦极。而拍出来的东西则如《追》，我真不知道为何如此"牺牲"……近来知道较多，也更觉得小妹的命运之可怜，不必多说。然而弄来弄去，这事仍然不好懂。
>
> 跟你写信，免不了要谈到小妹，然而并不是请你"传书递笺"之类。我最近心里似乎不近人情了。大可放心。最近又觉得，人要活得健康一些，不要歇斯底里地方佳。你上次信上所说，精神上的……更妙之类我不以为然，本非才子，何必一定要自作多情……

按：黄宗英参演的《追》乃 1947 年公映，以所谈内容推断，该信应该写于 1947 年 8 月前后。黄裳说去探病时，幸而小报记者不在，这话很值得注意。此时，黄宗英和黄裳都在上海，大概有点恋爱交往。因《关于美国兵》连载而饶有名气的黄裳在《文汇报》公开写情书，也算是很有想法的大胆示爱，估计也是当时的文坛八卦。所以钱锺书对他追求黄宗英的印象很深。只是性格、爱好等区别太大，两人之间终究没有结果。

最终，黄宗英在拍摄完《幸福狂想曲》后嫁给了赵丹。至此，此段以单相思为主的恋情终于彻底终结。十多年"感情"留下的是伤楚，黄裳不免写道：

> 没有比这个再痛苦的了。你诚心诚意的爱一个女人，把她想象作你的最纯真的对象，想帮忙她，想和她一起过好的生活，使彼此更完美。事实上她却从来不曾想到过这个。用一句老话，"自作多情"的可笑呀……
>
> 三十六年十一月十六日。

这个时候，只有忙碌于工作才能让人的感情慢慢粗糙下来。黄裳开始了消磨年轻光景的翻译工作，并翻译出三部书。在其中一部的后记中，他写道：

> 一年以来，我借了翻译的工作来躲过了很多情感上的痛苦。今全书完成，谨以之纪念先师李林先生，附带使我永远记得自己的这一段时期的生活。
>
> 三十七年春四月九日　黄裳谨记。

恋爱透射出一个人的性格。如今，很多人都知道黄裳先生讷于言，他的好友杨静远女士干脆把他比作"沉默的墙"。然而对于感情，不会说话又岂是迟钝或者冷漠。而相反，恰恰这座"沉默的墙"，有着敏感、细腻而且极为丰沛的内心世界。笔端流淌出飞扬的文采，若没有那些情爱，怎能办到？

这段情虽没有结果，却成就了一个作家，不是么？

（《作家文摘》总第 1959 期）

最忆当年初遇时

·吴学昭·

1931年秋冬，东吴大学因学潮停课，开学无期。阿季（杨绛的小名，从其学名杨季康演化而来）是毕业班学生，不能坐等，就找文乃史博士商量借读燕京大学，借读手续由同学孙令衔请燕大的费孝通帮助就近办理。孙令衔因为借读的事常来阿季家，父亲本来就与他叔父相识，父母见他人聪明，功课好，办事踏实有耐心，印象不错。他后来做了阿季的七妹婿。

1932年初，借读燕京的手续虽办妥，但父亲不大放心，说："你若能邀约到男女同学各三人同行，我便同意你去。"阿季果然约到周芬、张令仪两女生，孙令衔、徐献瑜、沈福彭三男生。张令仪本约定同行，但她临上火车赶到车站，变卦不走了。

1932年2月下旬，阿季与同学们结伴北上。那时南北交通不便，到北平已是2月27日晚上。他们发现火车站上有个人探头探脑，原来是费孝通，他已经第三次来接站，前两次都扑了空。

费孝通把他们一行五人带到燕京大学东门外一家饭馆吃晚饭。

237

饭后，踏冰走过未名湖，分别住进燕大男女生宿舍。阿季和周芬住女生二院。他们五人须经考试方能注册入学。

阿季考试一完，便急要到清华去看望老友蒋恩钿，孙令衔也要去清华看望表兄，两人同到清华，先找到女生宿舍"古月堂"，孙君自去寻找表兄。蒋恩钿看到阿季，高兴得不知如何是好，问阿季既来北平，何不到清华借读？阿季告诉她燕京借读手续，已由孙君接洽办妥，同意接收；蒋恩钿还是要为阿季去打听借读清华的事。

晚上，孙令衔会过表兄，来古月堂接阿季同回燕京，表兄陪送他到古月堂。这位表兄不是别人，正是钱锺书。阿季从古月堂出来，走到门口，孙令衔对表兄说："这是杨季康。"又向阿季说："这是我表兄钱锺书。"阿季打了招呼，便和孙君一同回燕京去了，钱锺书自回宿舍。

这是钱锺书和杨绛第一次见面。

蒋恩钿很快为阿季办好借读清华的手续。借读清华，不需考试，有住处就行。恩钿同屋的好友袁震借口自己有肺病，搬入校医院住，将床位让给了阿季。

一次，周芬来看望阿季，说路上碰见东吴的同学，问："见到杨季康了吗？"答："见了。""还那么娇滴滴吗？""还那么娇滴滴。"钱锺书先生不服，立刻反驳："哪里娇？一点不娇。"

杨先生说："我的'娇'，只是面色好而已。东吴有的同学笑我'脸上三盏灯'（两颊和鼻子亮光光），搽点粉，好吗？我就把手绢擦擦脸，大家一笑。"

钱先生本人不也对杨先生的脸色姣好印象极深吗？他写给杨先生的七绝十章就曾这样赞道：

缬眼容光忆见初，蔷薇新瓣浸醍醐；

不知醉洗儿时面，曾取红花和雪无？

　　这年3月，钱锺书和阿季初次在古月堂匆匆一见，甚至没说一句话，彼此竟相互难忘。尽管孙令衔莫名其妙地告诉表兄，杨季康有男朋友，又跟阿季说，他表兄已订婚；钱锺书不问不顾定要说清楚，他存心要和阿季好。他写信给阿季，约她在工字厅客厅相会。见面后，钱锺书开口第一句话就是："我没有订婚。"阿季说："我也没有男朋友。"两人虽然没有互倾爱慕，但从此书信往返，以后林间漫步，荷塘小憩，开始了他们长达六十余年的爱情生活。

　　其实孙令衔说表兄订婚的事，也并非一点影子没有。叶恭绰夫人原为孙家小姐，是孙令衔的远房姑妈，称为叶姑太太。叶恭绰夫妇有个养女名叶崇范，洋名Julia，是叶公超的从妹。叶姑太太看中钱锺书，曾带女儿到钱家去，想招钱锺书为女婿，叶恭绰也很赞成。钱基博夫妇很乐意，但钱锺书本人不同意，及至遇上阿季，一见钟情，更坚决反对与叶家联姻。叶小姐本人也不同意，她有男朋友，一位律师的儿子。不久就和她的男友elope（私奔）了。——当时的洋学生都爱模仿西洋小说里的浪漫式私奔。随后当然是结婚。

　　至于孙令衔告诉表兄说阿季有男朋友（指费孝通），恐怕是费的一厢情愿，孙令衔是费孝通的知心朋友。

　　阿季与钱锺书交好以后，给费孝通写了一封信，告诉他："我有男朋友了。"

　　一天，费孝通来清华找阿季"吵架"，就在古月堂前树丛的一片空地上，阿季和好友蒋恩钿、袁震三人一同接谈。费孝通认为他更有资格做阿季的"男朋友"，因为他们已做了多年的朋友。费在转学燕京前，曾问阿季，"我们做个朋友可以吗?"阿季说："朋友，可以。但朋友是目的，不是过渡；换句话说，你不是我的男朋友，我不是你的女朋友。"费孝通很失望也很无奈，只得接受现实：仍跟阿季做普通朋友。他后来与钱锺书也成为朋友，与他们夫妇友好相处。

命运有时就那么捉弄人，1979 年 4 月，中国社会科学家访美，钱锺书不仅和费孝通一路同行，旅馆住宿也被安排在同一套间，两人关系处得不错。钱先生出国前新买的一双皮鞋，刚下飞机鞋跟就脱落了。费老对外联系多，手头有外币，马上借钱给他修好。钱先生每天为杨先生记下详细的日记，留待面交，所以不寄家信。费老主动送他邮票，让他寄信。钱先生想想好笑，淘气地借《围城》赵辛楣和方鸿渐说的话跟杨先生开玩笑："我们是'同情人'。"

钱先生去世后，费老曾去拜访杨先生。杨先生送他下楼时说："楼梯不好走，你以后也不要再'知难而上'了。"这就等于谢绝了他的访问。费老有新作出版，常送杨先生"指正"，有时也派女儿或身边工作人员探望一下杨先生，送盆珍贵的花或小玩意儿什么的。一次杨先生来我家串门儿，快到中午的时候，让我陪她到住在同院的费老家坐坐，对他的多次问候表示谢意。费老万没想到杨先生亲自登门，兴奋地说个不停，时近正午，定要留饭，杨先生推说我家已做准备便匆匆告辞。这次旋风式的访问，心意到了，礼貌周全，前后用了不到 20 分钟。我不得不佩服杨先生的聪明安排和她对费老始终做一个"普通朋友"的一贯坚持。

阿季大四那年最后一个学期的学业是在清华完成的。她自称当时"呔清头"，既选了蒋廷黻的《西洋政治史》、浦薛凤的《政治经济史》、史禄国的《人类学》、朱自清的《散文》等分量不轻的主选课目，还加选了温源宁的《英国浪漫诗人》。由于西洋文学基础缺乏，有次测验很难作答，干脆交了白卷，温源宁印象不佳，对得意弟子钱锺书说："Pretty girl（漂亮女孩）往往没头脑。"但是钱锺书偏偏喜欢这个没头脑的女孩。而当钱杨婚后一同出国留学，乘船离开上海时，温师也来给这个没头脑的学生送行。

　　1932年7月，阿季在清华借读大四第二学期卒业，领到苏州东吴大学毕业文凭，并荣获金钥匙奖。阿季的大学生活至此告一段落。

（《作家文摘》总第1181期）

胡乔木——不成样子的怀念

·王 蒙·

1981年，我第一次接到了乔木同志来信，信上说他在病中读到了我的近作，很欣赏。他写了一首五律赠我，表达阅读后的兴奋心情。不久我们见了面，他显得有些衰弱，说话底气不足；知识丰富，思路清晰，字斟句酌，缓慢平和。

我问他对于典型问题的看法，他说，这个问题谁也说不清楚，他说"典型"是外来语，然后他讲了英语 stereotype，他说这本来就是样板、套子的意思。他发挥说，比如说高尔基的《母亲》是典型的，但高尔基最好的小说不是《母亲》，而是《克里姆·萨木金的一生》。然后他如数家珍地谈这部长而且怪的、我以为没有几个人读得下来的小说，使我大吃一惊。

其后不久，乔公对《当代文艺思潮》上徐敬亚的一篇文章大发雷霆，他认为徐的文章是对革命文艺的否定，认为《当代文艺思潮》这本刊物倾向不好，他甚至不准旁人称徐为"同志"。这使我觉得他处理问题有时感情用事。我告诉他，《当代文艺思潮》的主编是一位"好同志"，这位同志曾协助省委主要领导做文字工作等等。乔木的反应是："那就更荒诞了！"随后，他谈此杂志时的调门略降低了一些。

1983年春节，我给他拜年。他读了我的小说《布礼》，认定我的爱人一定极好，便责怪我为什么不带她来，并立即命令派车去接。

1982年下半年，《文艺报》等展开对"现代派"的批判，乔木当时在政治局分管意识形态工作，他当然熟知这些情况，更知道批现代派中"批王"的潜台词和主攻目标。1983年春节，他对我一再说："我希望对现代派的批评不要影响你的创作情绪。"这一点也很有胡乔木的风格。他要批现代派，或不能不首肯批现代派，他也要保护乃至支持王蒙，鱼与熊掌兼得。

胡乔木还曾托付一位与我们都相熟的老同志口头转达"让王蒙少搞一点意识流"之类的意见。我毫不怀疑他在"爱护"我，乃至有"护君上青云"之意。

此后由于我也忝列于有关文艺工作的"领导层"之中，便与胡发生了更频繁的接触、交流与碰撞。1985年，作协"四代会"开过，一次胡找我，要我把一篇反对无条件地提倡"创作自由"的文章作为《文艺报》的社论发表。

我接到胡派下来的文章进行修改，修改后胡表示"佩服"，以编辑部文章名义发了出去。胡直接下令包括《文学评论》与《当代文艺思潮》在内的几个刊物限期转载。他的做法引起了一些议论。于是朱厚泽（当时任中宣部部长）、邓友梅（作协书记之一）和我到正在住院的乔木同志处，我反映了一些意见。胡略有些激动，他说："作家敏感，我也敏感！"我谈到有人讲胡要对王蒙如何如何下手，他更激动了，甚至说："我怎么可能打倒王蒙呢？我如果去打倒王蒙，那就像苏联的赫鲁晓夫去打倒斯大林，斯大林倒了，也把他自己压倒了……"这有点拟喻不伦，但也说明他情真意切。这也许透露了他的"一本难念的经"，也许还含有对我当时如"芝麻开花节节高"的态势的讽刺。

和他接触多了，我有时感到他的天真。虽然他是老革命老前辈，虽然他饱经政治风雨特别是党的上层沧桑，但我很难判断他是否入世很深、城府很深。我不知道是否因为他长期在高级领导机关工作，反而失去了沉入社会底层，与三教九流、黑白两道打交道混生活的机会。他当然很重视他的权力与地位，也很重视表现他的智识（不仅是知识）和才华，以及他的人情味。

给我印象最深的是胡对电影《芙蓉镇》的挽救。由于1987年初的政治气候，有一两位老同志对《芙蓉镇》猛烈抨击。胡给我打了一个电话，要我提供有关《芙蓉镇》从小说到电影的一些背景材料。胡在电话里说："我要为《芙蓉镇》辩护！"他的音调里颇有几分打抱不平的英雄气概。后来，他的"辩护"成功了。小经波折之后，《芙蓉镇》公映了。

胡做过许多好事，例如他对聂绀弩的诗集的支持。胡做这些好事多半都是悄悄地做的，"挨骂"的事他却大张旗鼓。

1989年的事件以后，他的可爱，他的天真与惊惧都表现得很充分。这年10月我们见面，他很紧张，叫秘书做记录，似乎不放心我会放出什么冷炮来，也许是怕这一次见面给自己带来麻烦。谈了一会儿，见我心平气和，循规蹈矩，一如既往，并无充当什么角色之意，他旋即转忧为喜，转"危"为安，又友好起来了，面部表情也松弛了许多。

他大概仍然想保护一些人，但是这次已不是1982年或者1983

年，他本人也处于几位文坛批判家的火力之下。在一次"点火"的会议上，几个人已经用"大泰斗保护小泰斗"这样的说法攻击乔木，也有的人干脆点出了乔木的名。

不久，他约我一起去看望冰心，为之祝九旬大寿。这是我最后一次与这位老人见面了。后来他寄来了他签名的诗集。

在这篇不成样子的怀念文章的最后，我想起了1988年他的一次谈话。当时中央正准备搞一个文件，就对文艺工作的领导问题提出一些方针原则，有关同志就此文件草稿向他征求意见。他对我说："要把党领导文艺工作的惨痛教训，郑重总结以昭示天下。"他说得很严肃，很沉痛，对文件的要求也非常之高。他慨叹党内缺少真正懂文艺的周恩来式的领导人，他要求回顾历史的经验。但是他又说："不要涉及《在延安文艺座谈会上的讲话》。"对最后这个意见，我传达给有关负责人以后，我们一致认为无法照办。

乔木凋矣，但我没有也不会忘记他。

（《作家文摘》总第 1618 期）

我所认识的钱锺书先生

·余英时·

1978 年 10 月下旬，美国科学院派了一个"汉代研究考察团"到中国大陆去作为期一个月的访古，我也参加了。在北京时我提议去拜访俞平伯、钱锺书（默存）两位先生，同团的傅汉思教授又提出了余冠英先生的名字。承中国社会科学院的安排，我们便在一天上午到三里河俞先生寓所去拜访这三位先生。开门的是默存先生。那时他已 68 岁，但望之如四五十许人。如果不是他自报姓名，我是无论如何猜不出的。

交谈在俞先生的客厅中进行，大致分成两组：傅汉思主要是和余冠英谈汉魏诗的问题，我和俞、钱两位则以《红楼梦》为开场白。客厅不大，隔座语声清晰可闻，因此两组之间也偶有交流。事隔 20 年，我已记不清和默存先生谈话的内容了，但大致不出文学、哲学的范围。当时大陆的思想空气虽已略有松动的迹象，但层冰尚未融解，主客之间都得拿捏着说话的分寸。好像开始不久我便曾问他还记得他的本家宾四（钱穆）先生吗？因为我知道关于他的一点背景主要是得自宾四师的闲谈。这是间接的"叙旧"——中国人过去在初见面时常用的一种社交方式。他的表情忽然变得很幽默，说他可能还是宾四师的"小长辈"。后来我在台北以此询之宾四师，宾四师说完全不确，他和钱基博、锺书父子通谱而不同支，无辈分可计。但默存先生并不接着叙旧，我也知趣地转变了话题。接着我好像便把话题移到《谈艺录》。他连说那是"少作"、"不足观"。

这时隔座的余冠英先生忽然插话，提到默存先生有一部大著作正在印行中。默存先生又谦逊了一番，这是我第一次听到《管锥编》的书名。他告诉我这部新书还是用文言文写的。"这样可以减少毒素的传播。"他半真半假地说。（原话我已记不住了，但意思确是如此）我向他请教一个小问题：《谈艺录》提到灵源和尚与程伊川二简，可与韩愈与大颠三书相映成趣。但书中没有举出二简的出处，究竟见于何处？他又作滑稽状，好像我在故意测验他的记忆力似的。不过他想了一下，然后认真地说，大概可以在元代《佛祖通载》上找得到。因为话题转上了韩愈，我顺便告诉他当时在台北发生的趣事：韩愈的后代正在为白居易"退之服硫磺，一病讫不痊"两句诗打"诽谤"官司。我并补充说，照陈寅恪《元白诗笺证稿》的考证，似乎确有其事。但是他不以为然，认为"退之"是卫中立的"字"。这是方崧卿辩证中的老说法，在清代又得到了钱大昕的支持。默存先生不取陈的考证。后来在美国他又批评陈寅恪太"trivial"（琐碎、见小），即指《元白诗笺证稿》中考证杨贵妃是否以"处子入宫"那一节。我才恍然他对陈寅恪的学问是有保留的。我本想说，陈氏那一番考辨是为了证实朱子"唐源流出于夷狄，故闺门失礼之事不以为异"的大议论，不能算"trivial"。但那时他正在我家做客，这句话，我无论如何当众说不出口。

默存先生的博闻强记实在惊人。他大概事先已看到关于我的资料，所以特别提及当时耶鲁大学一些同事的英文著作。他确实看过这些作品，评论得头头是道。偶尔箭在弦上，也会流露出锐利的锋芒。但他始终出之于一种温文儒雅的风度，谑而不虐。

第二次再晤是在美国。1979年春天中国社会科学院派出一个代表团到美国访问。其时正值中美建交之后，双方都在热络期间。代表团的一部分人访问耶鲁，其中便有默存先生和费孝通先生等。

我和傅汉思先生等人当然到火车站去迎接代表团。其中我唯一认识的只有默存先生。我正要向他行握手礼时，他忽然很热情地和我行"熊抱"礼。这大概是当时大陆行之已久的官式礼数。我一时有点张皇失措，答礼一定不合标准。不过我的直觉告诉我，默存先生确是很诚挚的，这次用不着"叙旧"，我们真像是"旧交"了。

当天晚上，我和陈淑平同受校方的委托招待代表团全体在家中晚餐。默存先生是坐我开的车回家的，所以一路上我们有机会聊天。仅仅隔了四五个月，我觉得已能无所拘束，即兴而谈。大陆上学术界的冰层似乎已开始融化。外面流传了很久的一个说法是他担任了毛泽东的英文秘书。我为此向他求证。他告诉我这完全是误会。大陆曾有一个英译毛泽东选集的编委会，他是顾问之一，其实是挂名的，难得偶尔提供一点意见，如此而已。我也问他《宋诗选注》为什么也会受到批判，其中不是引了《在延安文艺座谈会上的讲话》吗？他没有直接回答我的问题，大概因为时间不够，但主要恐怕是他不屑于提到当时的批判者。他仅仅说了两点：第一，他引《讲话》中的一段其实只是常识；第二，其中关于各家的小传和介绍，是他很用心写出来的。我告诉他胡适生前也说他的小传和注释写得很精彩。

我当时隐约地意识到他关于引用《讲话》的解释也许是向我暗示他的人生态度。1957年是"反右"的一年，他不能不引几句"语录"作挡箭牌。而他征引的方式也实在轻描淡写到了最大限度。他是一个纯净的读书人，不但半点也没有在政治上"向上爬"的雅兴，而且避之唯恐不及。

那天晚上吃自助餐，因为人多，分成了好几处，我们这一桌上有默存先生和费孝通先生几位，大陆来的贵宾们谈兴很浓，但大家都特别爱听默存先生的"重咳落九天，随风生珠玉"。就我记忆所及，客人们的话题很自然地集中在他们几十年来亲身经历的沧桑，特别是知识分子之间彼此怎样"无情、无义、无耻的倾轧和陷害"（见《林纾的翻译》）。默存先生也说了不少动人的故事，而且都是名闻海内外的头面人物。给我印象最深的是关于吴晗的事。大概是我问起历史学家吴晗一家的悲惨遭遇，有人说了一些前因后果，但默存先生忽然看着费孝通先生说："你记得吗？吴晗在1957年'反右'时期整起别人来不也一样地无情得很吗？"（大意如此）问话的神情和口气明明表示出费先生正是当年受害者之一。费先生则以一丝苦笑默认了他的话。刹那间，大家都不开口了，没有人愿意再继续追问下去。在这次聚会中，我发现了默存先生疾恶如仇、激昂慷慨的另一面。

1979年别后，我便没有再见过他了。

（《作家文摘》总第1631期）

像硬米粒儿一样的傅雷

·杨 绛·

　　傅雷广交游。他的朋友如楼适夷、柯灵等同志已经发表了纪念他的文章。我只凭自己的一点认识，在别人遗留的空白上添补几笔。

　　抗战末期、胜利前夕，钱锺书和我在宋淇先生家初次会见傅雷和朱梅馥夫妇。我们和傅雷家住得很近，晚饭后经常到他家去夜谈。那时候知识分子在沦陷的上海，日子不好过，真不知"长夜漫漫何时旦"。但我们还年轻，有的是希望和信心，只待熬过黎明前的黑暗，就想看到云开日出。我们和其他朋友聚在傅雷家朴素幽雅的客厅里各抒己见，也好比开开窗子，通通空气，破一破日常生活里的沉闷苦恼。到如今，每回顾那一段灰黯的岁月，就会记起傅雷家的夜谈。

　　说起傅雷，总不免说到他的严肃。其实他并不是一味板着脸的人。我闭上眼，最先浮现在眼前的，却是个含笑的傅雷。他两手捧着个烟斗，待要放到嘴里去抽，又拿出来，眼里是笑，嘴边是笑，满脸是笑。这也许因为我在他家客厅里、坐在他对面的时候，他听着锺书说话，经常是这副笑容。傅雷只是不轻易笑；可是他笑的时候，好像在品尝自己的笑，觉得津津有味。

也许锺书是唯一敢当众打趣他的人。他家另一位常客是陈西禾同志。一次锺书为某一件事打趣傅雷，西禾急得满面尴尬，直向锺书递眼色；事后他犹有余悸，怪锺书"胡闹"。可是傅雷并没有发火。他带几分不好意思，随着大家笑了；傅雷还是有幽默的。

傅雷的严肃确是严肃到十分，表现了一个地道的傅雷。他自己可以笑，他的笑脸只许朋友看。在他的孩子面前，他是个不折不扣的严父。阿聪、阿敏那时候还是一对小顽童，只想赖在客厅里听大人说话。大人说的话，也许孩子不宜听，因为他们的理解不同。傅雷严格禁止他们旁听。有一次，客厅里谈得热闹，阵阵笑声，傅雷自己也正笑得高兴。忽然他灵机一动，蹑足走到通往楼梯的门旁，把门一开。只见门后哥哥弟弟背着脸并坐在门槛后面的台阶上，正缩着脖子笑呢。傅雷一声呵斥，两孩子在噔噔咚咚一阵凌乱的脚步声里逃跑上楼。梅馥忙也赶了上去。在傅雷前，她是抢先去责骂儿子；在儿子前，她却是挡了爸爸的盛怒，自己温言告诫。等他们俩回来，客厅里渐渐回复了当初的气氛。但过了一会儿，在笑声中，傅雷又突然过去开那扇门，阿聪、阿敏依然鬼头鬼脑并坐原处偷听。这回傅雷可冒火了，梅馥也起不了中和作用。只听得傅雷厉声呵喝，夹杂着梅馥的调解和责怪；一个孩子想是哭了，另一个还想为自己辩白。我们谁也不敢劝一声，只装作不闻不知，坐着扯淡。傅雷回客厅来，脸都气青了。梅馥抱歉地为客人换上热茶，大家又坐了一会儿辞出，不免叹口气："唉，傅雷就是这样！"

阿聪前年（1978年）回国探亲，锺书正在国外访问。阿聪对我说："啊呀！我们真爱听钱伯伯说话呀！"去年他到我家来，不复是顽童偷听，而是做座上客"听钱伯伯说话"，高兴得哈哈大笑。可是他立即记起他严厉的爸爸，凄然回忆往事，慨叹说："唉，那时候——我们就爱听钱伯伯说话。"他当然知道爸爸打他狠，正因为爱他深。他告诉我："爸爸打得我真痛啊！"梅馥曾为此对我落泪，又说阿聪的脾气和爸爸有相似之处。她也告诉我傅雷的妈妈怎样批评傅雷。梅馥不怨傅雷的脾气，只为此怜他而为他担忧；更因为阿聪和爸爸脾气有点儿相似，她既不愿看到儿子拂逆爸爸，也为儿子的前途担忧。"文革"开始时，阿聪从海外好不容易和家里挂通了长途电话。阿聪只叫得一声"姆妈"，妈妈只叫得一声"阿聪"，彼此失声痛哭，到哽咽着勉强能说话的时候，电话早断了。这是母子末一次通话——话，尽在不言中，因为梅馥深知傅雷的性格，已经看到他们夫妇难逃的命运。

有人说傅雷"孤傲如云间鹤"，傅雷却不止一次在锺书和我面前自比为"墙洞里的小老鼠"——是否因为莫罗阿曾把服尔德比作"一头躲在窟中的野兔"呢？傅雷的自比，乍听未免滑稽。梅馥称傅雷为"老傅"；我回家常和锺书讲究：那是"老傅"还是"老虎"，因为据他们的乡音，"傅"和"虎"没有分别，而我觉得傅雷在家里有点儿老虎似的。他却自比为"小老鼠"！但傅雷这话不是矫情，也不是谦虚。我想他只是道出了自己的真实心情。他对所有的朋友都一片至诚。但众多的朋友里，难免夹杂些不够朋友的人。误会、偏见、忌刻、骄矜，会造成人事上无数矛盾和倾轧。傅雷满头棱角，动不动会触犯人；又加脾气急躁，制不住要冲撞人。他知道自己不善在世途上圆转周旋，他可以安身的"洞穴"，只是自己的书斋；他也像老鼠那样，只在洞口窥望外面的大世界。

傅雷爱吃硬饭。他的性格也像硬米粒儿那样僵硬、干爽；软和懦不是他的美德，他全让给梅馥了。朋友们爱说傅雷固执，可是我也看到了他的固而不执，有时候竟是很随和的。他有事和锺书商量，尽管讨论得很热烈，他并不固执。他和周煦良同志合办《新语》，尽管这种事锺书毫无经验，他也不摈弃外行的意见。他有些朋友（包括我们俩）批评他不让阿聪进学校会使孩子脱离群众，不善适应社会。傅雷从谏如流，就把阿聪送入中学读书。锺书建议他临什么字帖，他就临什么字帖；锺书忽然发兴用草书抄笔记，他也高兴地学起十七帖来，并用草书抄稿子。

我只看到傅雷和锺书闹过一次别扭。1954年在北京召开翻译工作会议，傅雷未能到会，只提了一份书面意见，讨论翻译问题。讨论翻译，必须举出实例，才能说明问题。傅雷信手拈来，举出许多谬误的例句；他大概忘了例句都有主人。他显然也没料到这份意见书会大量印发给翻译者参考；他拈出例句，就好比挑出人家的错来示众了。这就触怒了许多人，都大骂傅雷狂傲；有一位老翻译家竟气得大哭。平心说，把西方文字译成中文，至少也是一项极繁琐的工作。译者尽管认真仔细，也不免挂一漏万。假如傅雷打头先挑自己的错作引子，或者挑自己几个错作陪，人家也许会心悦诚服。假如傅雷事先和朋友商谈一下，准会想得周到些。当时他和我们两地间隔，读到锺书责备他的信，气呼呼地对我们沉默了一段时间，但不久就又恢复书信来往。

傅雷的认真，也和他的严肃一样，常表现出一个十足地道的傅雷。有一次他称赞我的翻译。我不过偶尔翻译了一篇极短的散文，译得也并不好，所以我只当傅雷是照例敷衍，也照例谦逊一句。傅雷怫然忍耐了一分钟，然后沉着脸发作道："杨绛，你知道吗？我的称赞是不容易的。"我当时颇像顽童听到校长错误的称赞，既不敢笑，也不敢指出他的错误。可是我实在很感激他对一个刚试笔翻译的人如此认真看待。而且只有自己虚怀若谷，才会过高地估计别人。

1963 年我因妹妹杨必生病，到上海探望。朋友中我只拜访了傅雷夫妇。梅馥告诉我她两个孩子的近况；傅雷很有兴趣地和我谈论些翻译上的问题。有个问题常在我心上而没谈。我最厌恶翻译的名字佶屈聱牙，曾想大胆创新，把洋名一概中国化。我和傅雷谈过，他说"不行"。我也知道这来有许多不便，可是还想听他谈谈如何"不行"。1964 年我又到上海接妹妹到北京休养，来去匆匆，竟未及拜访傅雷和梅馥。"别时容易见时难"，我年轻时只看作李后主的伤心话，不料竟是人世的常情。

（《作家文摘》总第 1927 期）

图书在版编目（CIP）数据

我的亲历 / 《作家文摘》编 . -- 北京：作家出版社，2018.8
（2024.1重印）

（《作家文摘》25周年珍藏本）

ISBN 978-7-5212-0075-1

Ⅰ. ①我… Ⅱ. ①作… Ⅲ. ①散文集 - 中国 - 当代 Ⅳ. ①I267

中国版本图书馆CIP数据核字（2018）第128780号

因时间仓促、发表时间久远等原因，本书仍有部分作品的作者未能取得联系。
请作者及时与编者联系，支取为您预留的稿酬。
《作家文摘》 电话：010-65005411

我的亲历 / 《作家文摘》25周年珍藏本

编 者：《作家文摘》
封面人物：刘少奇 王光美（摄影：徐肖冰 侯波）
责任编辑：杨兵兵
装帧设计：于文妍
出版发行：作家出版社有限公司
社 址：北京农展馆南里10号 邮 编：100125
电话传真：86-10-65067186（发行中心及邮购部）
 86-10-65004079（总编室）
E-mail:zuojia@zuojia.net.cn
http://www.zuojiachubanshe.com
印 刷：三河市北燕印装有限公司
成品尺寸：170×240
字 数：189千
印 张：16.5
版 次：2018年8月第1版
印 次：2024年1月第3次印刷
ISBN 978-7-5212-0075-1
定 价：38.00元
